文芸社セレクション

証《あかし》

それぞれの道で

川村 麻衣

文芸社

もくじ

証《あかし》　それぞれの道で

一

ホカホカと湯気を立てている白いご飯に、豆腐とワカメの味噌汁。ふっくらとした卵焼きと鮭の塩焼きに、我が家では、朝食の定番であるニンジンとピーマンの胡麻和え。それに、今日は夕べの残りのじゃことキュウリの酢の物がついている。手渡された小鉢から漂うさっぱりとした酢の匂いを嗅ぎながら、晶《あきら》は小さなため息をついた。

「どうしたの？」

母親の恭子が、グラスに麦茶を注ぎながら言った。花模様が入ったお気に入りの耐熱ガラスのカップにコポコポとお茶が注がれていくのを見ながら、晶は不満げな声を出した。

「だってさ～……毎日和食なんだもん」

高梨家の朝は和食。それは、十四年間毎日で、晶はそのことに不満を持ったことはなかった。おいしくて、こんなにしっかりした朝ご飯に、文句なんて思うわけがない。けれど週末に、友達の家に泊まらせてもらった時に食べた朝ご飯に感激したこともあって、今はどうしても、いつもの朝ご飯がつまらなく見えてしまっていた。

こんがり焼けたキツネ色のトーストにはバターがとろけ、カリカリに焼いたベーコンが添えられた半熟の目玉焼き。レタスとキュウリとトマトのサラダには、夕食に出されたポテトサラダが載せられていたが、ディッシャーですくってあるのでアイスクリームのようなきれいな丸い形をしていた。飲み物はミルクティー。おまけに、手作りの夏ミカンのジャムを載せたヨーグルトまで出てきた。

「パンにバターがじゅわ～って染みてね、目玉焼きの黄身がとろって崩れて、それにベーコンつけてね――」

「早く食べなさい」

父の和之に言われ、晶は喋るのを止めて箸を取った。いただきますと言って、味噌汁を一口すする。いつもの味。ホッとする味。それでも、やっぱり今は洋食に憧れる。同じ夕飯の残りでも、こっちは酢の物。嫌いではないが、お洒落感が違う。

「ポテトサラダがディッシャーですくって野菜サラダの上に載ってるんだよ。アイスクリームみたいにコロンって丸い形で可愛かった。お洒落だと思わない？　うちなんて、スプーンでドン！　なのに」

そう言うと、和之は鮭を丁寧にほぐしながら言った。

「それが普通だ。そんなもの、どこにでもあるものではないだろう？　その子の家だってお前がいたから、もてなしの意味で見た目よく盛りつけてくれただけだ」

返す言葉が見つからず、晶は、黙って鮭をほぐし始めた。確かに、夕食時は普通にスプーンで盛りつけられていた。レタスを敷き、黒コショウを振ってあったのが一手間だったが、ディッシャーは使っていなかった。和之の言う通り、普段はそちらの盛りつけ方なのだろう。

「他所は他所。うちはうちだ。お母さんが毎日、こんなにきちんとした朝ご飯を作ってくれているのに、お前は文句を言うのか？」

「文句じゃないよ……ただ、洋食の朝ご飯もいいなって思っただけ」

「家を出て、一人で暮らすようになったら好きにすればいいが、うちにいる間は、朝はご飯と味噌汁の和食が決まりだ」

「……わかってるよ」

肩を竦《すく》め、晶は卵焼きを口に運んだ。両親は共に、朝は和食の家庭で育った上、父は厳格な祖父に育てられた影響で厳しかった。晶は昔から、父に口で勝てたことがない。

確かに、高梨家の朝食メニューは毎日しっかりしている。朝からきちんと出汁を取った味噌汁に焼き魚。手作りの漬物などが並ぶ食卓など、友達に話すと「旅館みたい」と言われる。そんな朝ご飯を、早起きして作ってくれている母親には感謝している。

でも、やっぱりたまには洋食でもいいじゃないかと思う。朝は和食——なんて、ただ両親の好みなのだから、週に一回、いや月に一回でもいいから、洋食の朝ご飯があってもいいのに……と、思いはするが口には出せず、晶は黙って箸を動かした。食べ終えると、ごちそう様と食器を流しに片づけ、歯を磨いて食卓に戻る。

「行ってきます」

椅子の下に置いてあった鞄を取り上げながら言うと、片付けをしていた恭子が振り返って答えた。

「行ってらっしゃい」

和之は黙ったまま、新聞を読んでいる。いつものことなので、晶は気にせず玄関に向かう。外に出ると、眩しい日差しに思わず目を細めたが、雲一つない青空は清々しく、朝食は重い空気になってしまったが、心地の良い空に、気分は少し良くなる。晶は大きく伸びをすると、学校に向かって歩き出した。今日も、平凡な一日の始まりだ。

「私は、晶の家みたいな『日本の朝ご飯』に憧れるけどなあ」

そう言ったのは、土曜日に泊めてくれた高山梨花。泊まりに行ったのは初めてだが、付き合いは小学校からの親友である。長い髪を一つに結わえた小柄な体格で、目の大きな可愛い子だ。名前の漢字も「梨の花」と可愛らしいので、羨ましく思う。晶という名前が嫌いなわけではないが、小学生の頃から背が高くて、ボーイッシュな外見は、この名前のせいではないかとたまに思うことがあった。

「でも、洋食の方がお洒落だし、なんかキラキラしてない？」

「キラキラねえ……。でも、うちだって普段はもっと簡単だよ。トーストとベーコンエッグはともかく、サラダなんてつかない。野菜ジュースかインスタントのカップスープくらいだよ。ヨーグルトも滅多にないし」

「でも、手作りの夏ミカンジャムなんてすごいじゃん」

そう言うと、梨花は笑いながら手を振る。

「近所の人にたくさんもらったから、消費するのにジャムにしただけ。普段は安い市販のだって」

「……そうなんだ」

「でも、少し気持ちわかるな。私、中が半熟のとろとろのオムレツが好きだから、朝ご飯に出てきたらテンション上がるんだけど、面倒だからって、お母さん、朝には作ってくれないんだよねえ」

以前、母親が「シンプルな料理は意外と難しい」と言っていた。だから、上手に作ろうと思ったら、目玉焼きも難しいのかもしれないが、イメージとしては、オムレツよりは目玉焼きの方が楽だと思う。

「何の話？」

バケツを持ち、そう言って近づいてきたのは筒井亜矢。

「お帰り。今ね、朝ご飯の話してたの」

梨花はそう言って、亜矢からバケツを受け取り、自分の後ろの用具入れに片づけた。男子は掃除が終わると、さっさと教室に戻ってしまったが、晶と梨花は、バケツの水を捨てに行ってくれていた亜矢を待っていたのだ。

「うちも和食が多いよ。お兄ちゃんのお弁当でご飯炊くから。味噌汁はインスタントだけどね。洋食は土日とか、休みの日ならあるけど、普通に焼いてバターとかジャム塗るくらいだから、たまには、サンドイッチとかいいなあとは思うよ。言ったら自分で作れって言われちゃったけど」

話を聞いた亜矢がそう言った後、諦めたように付け加えた。

「朝ご飯って、あんまりリクエスト聞いてもらえないよね」

夜ご飯何食べたいと訊かれることはあっても、朝食のリクエストは訊いてもらえないのは何故なのか？　いや、リクエストを受け入れてくれるお母さんもいるだろうが、自分達の母親はそうではないらしい。そんなことを思ったせいか、晶は放課後、梨花と一緒に帰路につきながら呟くように言った。

「私、大人になったら朝ご飯のお店をやりたいな」

「朝ご飯専門店ってこと？」

「そう。やっぱり、おいしくてしっかりした朝ご飯って、元気出るでしょ？　でも、家で作るのは大変で、自分ではやりたくないって人多いと思うんだ」

「確かに。朝は食べないとか、パンとコーヒーだけとか、そんな話聞くもんね」

「私達、今は作ってもらってるから、わからないけど、早起きして、朝ご飯作りながら洗濯したりって大変だよね。特に一人暮らしの人だと食べなかったり、てきとうになっちゃうんだろうなあって……だから時々でも、ゆっくり、しっかりしたおいしい朝ご飯食べられるといいなって。その人の、一日の元気と力になれるような朝ご飯を作ってあげられるお店がやれたら、私も嬉しいと思う」

「いいじゃん。晶がそういうお店やってくれたら、私常連になる。オムレツも作ってね」

「うん。梨花、最初のお客さんになってね」

それから、晶は最初に作りたいメニューやどんな店にしたいかを話した。まだ思いついたばかりだったのに、まるで昔からの夢だったかのように、不思議と言葉がスラスラと出てくる。どんどん膨らんでいく夢の話を、梨花は楽しそうに聞いてくれた。

「晶なら、絶対に良い店がやれるよ」

「ありがと。まだ何も作れないし、料理の練習も勉強もこれからだけど、私頑張る。じゃあ、また明日ね」

交差点の前で互いに手を振り、晶は梨花と別れた。梨花が信号を渡り終えるのを見送ってから、自分も歩き出す。今日からお母さんに料理教えてもらおう——そんなことを思いながら公園の前を通りかかった時、小学生の男の子が、一人でリフティングの練習をしていた。晶が通り過ぎようとした時、そのボールがこちらに向かって転がってきた。

「すみませーん。ボール取ってくださーい」

男の子の声がして、晶は足を止めた。手で受け止めようと思ったが、随分と汚れたボールだった。とっさに足を伸ばし、晶は足を後ろに下げ、蹴りの体勢に入った——。

二

兄妹揃って受験生というのは、金銭面の負担はもちろんだが、親は大変な神経を使うだろう。かといって、一人終わってまたすぐというのも同じ状態が二年続くので、それはそれで大変だが、そんな家庭は珍しくはない。

けれど、一人は、成績は普通でも真面目に勉強していて、もう一人は優秀にもかかわらず、勉強に身が入っていない状態の受験生二人を抱えている親の心境というのはどういうものだろうか?

本来なら、二人とも気にしてくれているはずだろうが、この場合はどうしたって、身が入っていない方を心配する。優秀な分期待もしていた。

せめて大学受験なら、一年浪人して、焦らずゆっくり勉強する時間を作ることもできただろうが、勉強に身が入らないのは中学三年生の妹で、控えているのは高校受験のため、親の心配は、日に日に強くなっていくばかりだった。拓海が夜遅くまで勉強していても気にかけてくれない。少し風邪気味なことも、気づいてくれていない。両親にとって、今の心配は妹のことだけなのだ。

「卒業したら働きたいってことじゃないんだよな？　だったら、やっぱり高校までは行っておいた方がいいよな」

そう言ったのは、人付き合いの苦手な拓海の数少ない友人である涼介だ。受ける学部は違うが、同じ大学を受験する涼介とは、休日はよく、一緒に図書館で勉強している。

本当は、話すつもりなんてなかった。心配させたくなかったし、自分一人の問題ではなく、家庭の事情だからあまり知られたくないという気持ちもあった。けれど昼休憩で入ったハンバーガーショップで、拓海の元気がないことに気づいた涼介に訊ねられ、一人で抱えていることに疲れていたこともあって、話してしまった。

「俺もそう思うし、本人もわかってるはずなんだけどさ……」

手にしていたコーヒーをトレイの上に置きながら、拓海はため息をついた。わかっているどころか、妹は高校に行きたいと思っているはずだ。昔から勉強熱心だった妹は、小学校からずっと成績優秀で、中学に上がる前から、高校も大学も、偏差値の高い有名な学校を狙っていた。それなのに、秋も深まってきたというのに全く勉強している様子がない。

「心配だな」

「……まあ」

本音を言えば、心の中は複雑だった。昔は優秀な妹と比べられて嫌だったし、これで妹が受験に失敗し、自分が希望の大学に受かれば、優越感も得られるのではないかと、ほんの少しだけ思ったこともある。けれど妹は、ただ勉強をサボっているわけではなく、本当にやる気になれなくなっているのだと気づいてからは、やはり心配になった。

同じ受験生でありながら、頑張っている自分を見てくれない両親に対して何度も苛立ったが、そんな妹の様子を見ていれば、心配するのも当然だった。自分の中の散らかった気持ちを一つずつ分けていくと、残ったのはやはり、妹に対する「心配」なのだ。

「でも、なんか理由あるんだろ？　元が優秀なら勉強が嫌いなわけじゃないんだろうし」

「わからないんだ。いくら訊いても、あいつ何も言わなくてさ。一応学校には行ってるから、引きこもってるわけじゃないし」

「いじめは？　無理して学校行って、もう行きたくないから受験に身が入らないとか」

「それは本人がきっぱり否定した。まあ、嘘かもしれないけど……」

「いつから、そんな状態なんだ？」

問われて、拓海は記憶を辿る。受験に身が入らなくなったのは今年の夏前から。それまでは、普通に勉強していた。

「てことは、五月後半から六月頃か？」

「そうだな——あっ！」

思い当たることがあった。「何故？」ということばかり考えていて、「いつから？」ということに思い至らなかった。

「何か思い出したか？」

「ああ。時期を考えたら、もしかしたらこれが理由かもってのは。でも……本当にそうなのか？　だとしたら、そこまで思いつめる理由は何なのか、それはわからない」

肩を落として言うと、涼介は訳がわからないという顔をしながらも、何も訊かず、きっぱりと言った。

「心当たりがあるなら訊いてみろよ。触れにくい話題だとしても、このままだと、ただ思いつめているだけだ。そんなの妹だけじゃなくて、拓海や親も苦しいだろ？」

「そうだけど……」

「本当は、妹も誰かに聞いてもらいたいって思っているかもしれないぞ。でも、話す勇気がなくて、ずっと、自分の中で抱え込んでいるのかもしれないだろ？」

「そうだな——とにかく、話だけでも聞いてみるよ」

なんとかできるかはわからないが、それでも、今の苦しい状況を立ち直らせるには、動いてみるしかない。

「涼介、ありがとな」

「妹、元気になるといいな」

その後、マスクをしてはいても、時々小さな咳をしている拓海を気遣った涼介から、早く帰るよう言われ、店を出た二人はそれぞれ家路についた。涼介は予防としてマスクをしていたから大丈夫だろうが、確かに図書館は人も多いし、風邪が治るまでは、しばらくは行かないほうがいいだろう。

「……勉強しやすかったんだけどな」

家の中の荒れた空気より、図書館にいた方が勉強はしやすかったが、やはり、子どもや受験生の多い休日に行くべきではなかった。

「けど、俺がなんとかできれば行く必要ないんだよな」

家の中の空気を元に戻して、居心地の悪さをなくせば、家で勉強しやすくなる。気合いを入れ直した拓海は、家に着くと、手洗いとうがいをすませ、妹の部屋へと向かった。

「ちょっといいか」

ノックをし、返事を待たずにドアを開けると、妹はベッドの上に座っていた。何をするわけでもなく、ただ、ぼんやりと窓の外を見ている。

「話があるんだけど」

言いながら、机の前の椅子に座ったが、妹は返事をせず、窓を見つめたまま、こちらを見ない。だが、拓海はかまわず話を続ける。

「受験、どうする気だ？　お前なら、ある程度の学校は行けるだろうけど、行きたい学校があるって、中学上がってからずっと頑張ってただろ？」

「どうでもいい」

「何で？」

「何でも」

口調には、苛立ちが滲み出ていた。こんなこと、何度も言われてきたからだろう。

「そう思うようになった理由はわからないけど、そのきっかけって、去年同級生が亡くなったからか？」

その言葉に、妹はピクリと反応し俯いた。

「確かにショックだったとは思うけど、ちゃんと立ち直ってたじゃないか……それに、それが理由だとしても、どうしてそのことで受験がどうでもよくなるんだ？　しかも亡くなってから一年経って」

妹は、俯いたまま何も答えない。しばらく無言の時間が続いたが、耐えきれなくなった拓海が口を開いた。

「いい加減に話せよ——亜矢」

クラスメイトが事故で亡くなった——その訃報を聞いた時、亜矢はひどくショックを受けていた。小学校は別だった。中学に上がってからも、一年生の時はクラスが違った。同じクラスになってから、まだ三ヶ月くらいの頃で、プライベートで遊ぶほどではなかったようだが、自分と同じで少し人見知りをするため、一人でいた亜矢によく声を声かけてくれていた子だったらしい。

親しくしていた相手というのはもちろんだが、物心ついてから、身近な人の死を経験したことがなかった亜矢にとって、クラスメイトの死は、受け止めるのに時間がかかった。

それは、他の子も同じだっただろう。突然同級生が亡くなるなんて、学年中がショック状態だったはずだ。亜矢もたくさん泣き、ひどく落ち込んでいた。そんな日が、何日も続いた。

それでも一日一日と経つうちに、少しずつ落ち着きを取り戻し、落ちていた食欲が戻る頃には、勉強もやるようになった。

「だから、わからないんだ。ショックだったのはわかるし、当然だと思うけど、一度乗り越えた後は普通にしてただろ？」

「少し気持ちが落ち着いてきた後はそうだったけど……でも、一年経っていろいろ思い出した時、なんか……虚しくなっちゃったの」

俯いたまま、亜矢は静かに言った。

「掃除終わって、たわいもない話をして、授業終わったら『また明日ね』って、いつもどおりにバイバイしたのに……亡くなったって電話があって……数時間前まで元気に笑ってたのに、死んじゃったんだよ……晶ちゃん」

その時のことを思い出したのか、亜矢は膝を抱え、声を震わせながら言った。

そうだった――晶と聞いたから、最初は男の子かと思っていたが、前の席にいた女の子で、席順の関係で同じ班だったそうだ。ボールを取ろうとして車道に出てしまったところをトラックに撥ねられたらしい。

学校帰りの中学生の女の子がボール？　と思ったが、どうやらボールは公園で遊んでいた男の子のもので、転がってきたそれを取ろうとしたということを、テレビのニュースで聞いた。

思えばその子も可哀想だ。自分が転がしてしまったボールを取ろうとした女の子が事故に遭い、亡くなってしまったのだ。もちろん罪はない。それでもきっと、自分のせいだと責めるだろう。今も苦しんでいるかもしれない。かわいそうだが、どこの誰かもわからない男の子には、自分は何もしてやれない。

けれど、妹はここにいる。目の前で苦しんでいる亜矢だけは、自分が手を差し伸べてやれるのだ。でも、どんな言葉をかければ、亜矢の心に届くだろうか？

「何が虚しいんだ？」

一つ、引っかかっていた言葉だ。いろいろ思い出して苦しいのはわかるが、そこで何故虚しさを感じるのかわからない。

「だって、少し前まで元気だったのに、急に死んじゃったんだよ。一生懸命生きて、いきなりあんな風にいなくなるなら、頑張って勉強して生きることに意味があるの？　たくさん努力しても、報われないままあっけなく死ぬなら、てきとうに生きたほうが未練残さなくていい気がする。そう思ったら、受験なんてどうでもよくなった。高校なんて行けるとこ行けばいい。受からなかったら、行かなくてもいいじゃん。どうせ義務教育じゃないんだし」

そう言いながら、亜矢は顔を上げた。俯いている間に泣いたのだろう。目が赤い。その顔は笑ってはいるが、辛そうな顔だ。これは本心じゃない。亜矢は努力家だ。小さい頃から、何でも努力する頑張り屋だった。だからこそ、弱気になってしまったのだろう。一生懸命努力して、報われることなく、ある日突然、自分が死んだら――想像し、虚しさを覚えたために、あれほど頑張っていた受験勉強を止め、こんな投げやりなことを言っているのだ。

「かわいそうだな」

しばらくの沈黙の後、拓海はそう言った。

「言っとくけど、その子が亡くなったことに対してじゃないからな」

「えっ?」

拓海の言葉に驚いた亜矢が、目を丸くしてこちらを見る。

「もちろん、亡くなったことはかわいそうだと思う。けど俺は、その子が、お前にそんな風に思われていることに対してが『かわいそう』だと思ったんだ」

「何……それ?」

「亜矢は、その子が亡くなったことに落ち込んでいるんじゃない。努力して、一生懸命生きて、それである日突然死んだら――そう思って落ち込んでいるんだから、それはその子を侮辱しているのと同じだ」

「侮辱なんてしてない!」

久しぶりに聞く大きな声。何を言われたのかわからないらしく、亜矢は、戸惑いの表情を浮かべている。

わかっている。お前は侮辱なんてしていない。亜矢は、誰かの人生を虚しいと決めつけるような妹ではない。そんなこと、拓海はよくわかっている。

亜矢はただ、あの日のことを思い出した時に、もしも、自分がそうなったらと考えて怖くなっただけだ。努力家だからこそ、頑張っている時に自分が死んだらと考えて……。

でも、それを考えてしまっては、前に進めない。何も楽しまず、いい加減に生きていく人生なんて、努力が報われないまま亡くなるよりもよっぽど虚しい。たとえ報われなくても、その人が自分の人生を一生懸命生きたのなら、そこには虚しさなんてない。

「してるだろ。お前は、その子の人生を虚しいと思ったんだから」

かわいそうだが、あえて厳しい言葉を口にする。その方が、亜矢を奮い立たせることができると思ったからだ。侮辱なんてしているつもりがなくても、今の自分の状態では、侮辱していると同じなのだと、亜矢にわかってほしかった。

亜矢は何も言わず、再び俯いた。その体が微かに震えている。泣くかもしれない……それでも、拓海は言葉を続けた。

「努力して、一生懸命生きて、そんな中で突然死んだら、確かに報われないかもしれないけど、だからって、その人がそれまで生きてきた時間が無駄になるのか？　俺はそうは思わない。たとえ短い時間でも、人が生きた時間は必ず何かを残すと思うし、亡くなったことに対して虚しいなんて思うのは、その人に失礼だ。晶って子は、元気だったんだろ？」

俯いたまま、亜矢は小さく頷いた。

「たわいもない話をして、授業が終わったら『また明日ね』って別れたんだろ？」

亜矢はまた、小さく頷く。

「笑って、元気に生きていたんだ。悩みとかはあったかもしれないけど、きっと、その子は不幸じゃなかった。これから先、楽しいこと、幸せなことがあったはずなのに、亡くなったのはもちろん残念だとは思う。だけどそのことで、お前が虚しいなんて思い続けるのは、その子の人生を否定しているのと同じなんだ。いい加減しっかりしろ。友達をいつまでも悲しませるな」

体を震わせていた亜矢は、堪えきれなくなったらしく大きな声で泣き出した。拓海は立ち上がると、泣いている亜矢の頭を優しく叩いた。

「お前は、お前の人生をちゃんと生きろ。それが、その子ためにできる一番の供養だと俺は思う」

それだけ言って、拓海は部屋を出た。中からは、亜矢の泣き続ける声がしていたが、きっともう、大丈夫だ。小さい頃からそうだった。たくさん努力しても、できなかったことがある。負けたこともある。その度に、亜矢は声を上げて泣いたが、思いっきり泣いた後は立ち直り、また頑張っていた。だから今度も、たくさん泣いた後は、また立ち上がってくれる。そのことを信じて、拓海は隣にある自分の部屋に入っていった。

三

「ついこの間入学した気がするのに、もう二年も後半かー」

大学の学食で、かき揚げうどんを啜りながら言ったのは、高校は違うが、小学校と中学校が一緒だった篠塚琴美。当時はあまり話したことがなかったが、大学に入学し、最初の授業で再会してから、なんとなく話すようになった。

「ほんと早いよね」

隣でハンバーグをつつきながら同意したのは、琴美と仲が良いため、自然と話すようになった小沢由香。

「私ももうすぐ二十歳だよ。なんか信じられないなあ」

言いながら、由香は付け合わせのブロッコリーをさりげなくこちらに寄こしてきた。

「おい、こら」

唐揚げを口に運びかけていた手を止め、倉田雄一は抗議したが、由香は知らんふりだ。まったく……俺も苦手なのに——と、横から箸が伸びてきて、ブロッコリーをつかみ取っていった。

「奥野」

「俺、好きなんだ。だからくれ」

そう言って、おいしそうにブロッコリーを口に入れる奥野涼介。大学入学後、すぐに親しくなったこの友人がブロッコリーを好んでいるなんて聞いたことがないし、雄一が苦手なことは知っていても、今まで欲しがられたことなどなかった。元から皿に入っていたものは手伝ってくれなくても、押し付けられたものだから、助けてくれたのだろう。

「悪いな」

「ねえ、日曜、久しぶりに遊ばない？　夏休みはみんな、バイトとかサークルとかでなかなか予定合わなかったし」

由香と話していて、こちらのやり取りを見ていなかった琴美が唐突に言った。

「あー……悪い。日曜は用事あるから」

そう言うと、奥野はトレイを持って席を立った。

「次の授業が休講で時間あるから、俺、図書館行くわ。またな」

笑顔で手を振り、去って行く奥野の背中を見送りながら、由香は首を傾げた。

「なんか、いつもと違う気がする」

「うん。いつもは用事があるなら、この日はどうかって言ってきたりするのに、素っ気ない感じだったよね。涼介君、何かあったのかな？」

琴美も、心配そうにそう言った。雄一も気づいていた。奥野は笑っていたが、どこか陰のある笑い方で、歩いていく背中も沈んでいるように見えた。

「最近バイト忙しかったみたいだし、疲れてるんじゃないか？」

雄一はその理由を知っているが、勝手には話せない。二人には悪いがてきとうに誤魔化す。去年の今頃もそうだった。大学の帰りにどこかで食べて行かないかと誘うと、寄る所があると断られた。笑っているのに、その顔はとても寂し気で、悲しそうだった。だからつい、どうかしたのかと訊ねると、しばらく黙っていたが、やがて奥野は事情を話してくれた。

「亡くなった友達の誕生日なんだ」

同じ大学を受験するはずだったらしいその友人は、高校三年の秋に体調を崩した。最初はただの風邪だと思っていたが、実際は別の病気で、入院したものの、次第に症状は悪化していき、卒業を前に亡くなったそうだ。

「だから墓参りして、その後、そいつの家に線香あげに行くんだ」

涙を堪えるように、空を仰ぎながらそう言う奥野に、その時、雄一は何も言えず、

「わかった。じゃあ、またな」

と、いつもと同じように別れた。なんと言葉をかければいいのかわからなかったから、ただ、普段どおりにした。

結果としては、それで良かったのだと思っている。初めて会った時、奥野は自分や、周りにいる学生達と何の変わりもないように見えた。自分の観察力が優れているとは思わな

いが、それでも、笑顔で話している奥野は、友人を亡くしたことを引きずっているようには見えなかった。

辛くないわけではないだろうが、傍目にもわかるほど落ち込んだり、無理に明るく振舞ったりしていないのは、自分の中で、少しずつ心の整理をつけているのだと思った。

そんな相手に、慰めなんてすればかえって傷つけてしまうかもしれない。自分はその友人のことを知らないし、ヘタに気遣うよりも普通にするのがいいだろうと、雄一は、同情は一切、見せないようにした。

雄一が普通でいれば、奥野も普通に元気だった。時折、亡くなった友人の話をしてくれることもあったが、その時も、笑顔で楽しそうに話していた。

幸いなことに、自分はまだ、友人を亡くすという経験をしたことがないので、もしもその立場になったらどうなるのだろうと、奥野の事情を聞いてから、雄一はよく考える。でも、いくら考えても、とても悲しいだろうということ以外に想像がつかない。

だから、時々不安になる。奥野に対して普通でいることは、間違ってはいないと思うのだけれど、自分は少しでも、その悲しみの支えになれているのだろうか——と。

大学を出て、駅に向かう途中「倉田」と呼ばれて振り返ると、奥野が追いかけてくるところだった。

「奥野。お前も今帰りか」

「ああ。あのさ……あいつら、なんか気づいてたか？」

琴美と由香のことだろう。

「なんか変だなとは思ってたけど、俺は何も言ってないから」

「ありがとな。別に知られたくないわけじゃないけどさ、あの二人は、いろいろ気遣ってくれそうだから。今はまだ、言いたくないかなって……」

あの二人は優しい。ろくに話したことがなかったので昔のことは憶えていないが、琴美は困っている人や、落ち込んでいる人を放っておけない性格だ。ブロッコリーを押し付けてきた由香も、普段はともかく、琴美と似たような性格をしている。だからこそ、二人はこのことを知ったら、きっとあれこれ気遣うはずだ。

「優しくしてあげなくちゃ」などというお節介な同情ではない。奥野の悲しみに寄り添おうとする心からの優しさだ。それでも、今の奥野は、それを望んでいない。

もちろん、誰かの支えが欲しい時や、必要な時はあるけれど、奥野は自分で、心の整理をつけている。だけどまだ、簡単に人に話せるほどではないから、今は二人にも話したくないのだろう。

では何故、自分には打ち明けてくれたのかというと、奥野の中で、雄一が、同情や気づかいを上手く使い分けていると判断されたらしい。相手が本当に悲しんでいる時には寄り添って、自分で立ち上がろうとしている時には見守る。だから、話しても大丈夫だと思ってくれたらしい。

そんな自覚はなかったし、言われた時は恥ずかしさがあったが、後に奥野から、その判断が間違っていなかったと言われた時は、とても嬉しかった。

「日曜は、拓海の二十歳の誕生日だから墓参りに行くんだ。二十歳になったら、一緒に酒飲もうって約束しててさ、最後の約束、やっと叶えられる」

雄一はまだだが、一足先に二十歳になっている奥野は、少し寂しそうな笑顔でそう言った。本当ならその日は、その友人と一緒にグラスを交わしていた。それを想うと、雄一の方が悲しくなったが、奥野にそんな顔は見せられないと、拳を握って堪える。けれど、堪えた想いは隠せなかったらしい。

「俺、ほんとにもう大丈夫だから」

「えっ？」

心を読まれたかのような言葉に、雄一は思わず足を止めた。

「辛くないわけじゃないし、あいつらみたいに、必要以上に気づかってくれそうな人に知られてもいいと思えるほど、乗り越えられたわけじゃない。でも、あいつの死を引きずったりしていないのは本当だよ。倉田は普通でいてくれるけど、時々、自分の友達亡くしたみたいに悲しそうな顔するからさ」

思わず、自分の頬に触ると、奥野は声を上げて笑った。

「手で触ってわかるかよ」

それもそうだと、雄一も笑う。

「ごめん」

謝ると、奥野は首を振った。

「違うよ。倉田の気持ちは嬉しかった。普通にしてくれるのも、自分のことみたいに悲しんでくれるのも。けど、そうしてると、倉田の方が疲れるんじゃないかって心配になる」

「俺は別に……」

「ちゃんと話すよ。俺が引きずらずにいられる理由」

そう言うと、奥野は再び歩き出した。雄一も、その後を追って、奥野の隣を歩く。

「拓海には三つ下の妹がいるんだ。小さい頃から努力家で、偏差値の高い高校狙って、中学上がってから、ずっと受験に向けて勉強してたのに、三年の、ある頃からまったく勉強しなくなったらしい」

その妹は、一年前に友達を事故で亡くしたことをきっかけに「努力することを虚しい」と思うようになった。塞ぎ込んでしまった妹を、兄である拓海は励ましたそうだ。

「人が生きた時間は必ず何かを残す。笑って元気に生きていたその子の人生は虚しくないことを伝えて、自分の人生をちゃんと生きることが、その子のためにできる供養だって拓海は言ったらしい。だから、俺もそうするって決めたんだ。辛くても悲しくても、俺は自分の人生をしっかり生きるって」

「だから、友達の死を引きずらないようにしてるんだな」

「ああ。拓海の妹もそうだよ。亡くなった時は、母親に支えられていないと立っていられない状態だったけど、後で聞いた話では、狙っていた学校受かったらしいから、相当頑張ったんだろうな。ただでさえ難しい学校なのに、長い間ろくに勉強してなくて、おまけに家族を亡くして心も疲れている時だった。それでも頑張ったのは、拓海に言われた言葉を守るためだったんだろうな」

「今は、その子は？」

「一周忌で墓参り行って、家に寄った時に会ったけど、元気だったよ。もちろん、すっかりってわけではないけど、それでも普通に笑ってたし、やつれている感じもなかった。あの子もちゃんと、自分の人生を生きてるよ」

「なら良かったな。お前も、友達亡くして辛かった時期に、よく頑張ったな」

受験を乗り越えただけでなく、その後の大学生活も頑張っているのは、入学した当初からずっと見てきた。雄一がそう言うと、奥野は笑って首を振った。

「俺は、お前に救われたんだ」

「えっ？」

意味がわからず、思わず足を止めると、奥野も立ち止まり、近くの橋に寄り掛かるようにして話し始めた。

「さっき言ったことは本当だ。あいつの死を引きずらないようにしよう。そう誓って、俺は受験を頑張った。拓海から妹とのやり取りのことは聞いていたし、俺がここで、あいつの死を理由に、受験を失敗するわけにはいかないって、ひたすら勉強した。けど……合格した後は気が抜けたんだ。入学式の日、大学生としてあの学校に入った時、学部は違っても、ここにあいつもいたかもしれないと思って苦しかった、気づいたら拓海の姿を探していたことも何度もあった」

「そんな風には見えなかったけど」

雄一の知っている奥野は、普通に明るく笑っていた。話をしたのは、入学して一週間が経った頃。学食のテーブルで、一人で本を読んでいる奥野の隣に、雄一が座ったことがきっかけだった。言葉を交わしたのは、その時が初めてだったが、笑って話しているところはよく見ていたし、難しい問題もスラスラ答えていたりと、奥野の印象は「明るい優等生」だった。

「勉強、ほんとは苦手なんだけどな。寂しさや悲しさを勉強で紛らわして、受験が終わっても、家では勉強ばっかりやってた。優等生に見えたのはそのせい。明るくできたのは、小学校が一緒だった相手の前だけだよ。久しぶりだったから、話してる間は辛い記憶が薄れてたんだ……でも、一人になるとどうしても、拓海のこと思い出して苦しかった。あの頃は、気を張っていないと拓海の死を引きずっていたんだ。そんな時に、倉田が話しかけてくれた」

きっかけは、奥野の鞄についていたチャームだった。それは、自分達が小学生の頃に放送していたアニメのキャラクターで、アニメが特に流行っていたわけでもなければ、そのキャラクターは主人公でもなかった。脇役の上に、あまり目立つキャラではなかったが、とても優しくて、いつもさりげなく主人公をサポートしていた。地味な見た目なので人気はなかったが、雄一は大好きだった。自分も同じチャームを持っていたが、いつの間にかなくしてしまった。

もうすっかり、そのアニメ関連のものは見なくなったのに、まさか大学で見かけるなんて思いもよらず、それが隣に座っている相手の鞄にぶら下がっていたものだから、つい声をかけてしまった——そのことが、奥野を救ったというのか？

「拓海と話すようになったのも、あのキャラクターがきっかけだったんだ。小学校から高校までずっと一緒で、小三で、同じクラスになった時、初めは『いつも一人でいるおとなしいやつ』——そんな印象しかなかった。その年に、あのアニメが始まった。俺は大好きだったのに、周りは誰も見てる奴いなくて、話できなくてつまんないなーって思ってた頃、拓海が落とした筆箱を拾ったら、蓋に、お菓子のおまけだったシールが貼ってあってさ。しかも一番好きなキャラ！　嬉しくて『俺もこいつ好きだよ』って言ったら、あいつも嬉しそうに笑ったんだ。それから、少しずつ話すようになった。だから倉田に話しかけられた時、あの時のこと思い出して懐かしかったよ」

「でも、だとしたら、思い出して辛かったんじゃないのか？」

苦しさを堪えていた時に、そんな思い出を思い出したのなら、それはよけいに辛かったのではないのだろうか？

「あの時の俺は、寂しかったんだ。友達はいても、当然拓海の代わりは誰もいない。今まで埋まっていた部分が欠けて、すごく寂しかった時に、お前に話しかけられて、昔、拓海が言ってくれたことを思い出した。『友達がいなくて寂しかった時に、涼介に話しかけてもらえて嬉しかった』って――正直、俺はその気持ちがわからなかった。でもあの日、もしかしたら、あいつはこんな気持ちだったのかもしれないって思ったんだ。もちろん、状況は全然違うんだけどさ、寂しい時に、同情とかじゃなくて、屈託のない顔で、自分の好きなものを『俺も好きなんだ』って言われて夢中で話して――なんだかすごく、楽になった気がした。もし、あの時の拓海もこんな気持ちだったのなら、俺が拓海にとって、少しでも救いになれていたなら俺は、あいつに笑顔をあげられたんだなって」

そう言って、奥野は日が沈みかけた空を見上げた。

「俺、あいつの笑う顔たくさん見てきた。だから、短い人生だったけど、拓海は不幸なんかじゃなかった。笑って、元気に生きていたあいつは、絶対に不幸じゃない。拓海が自分でそう言ったんだ。そう思ったら、寂しさはあっても前向きになれた。俺は俺の人生をきちんと生きなきゃいけないって。妹に言ったように、拓海はきっとそれを望んでいる。あの日、お前に話しかけられてそう思えた。だから俺は、倉田に救われたんだ」

「……なんか、たいしたことしてないのに、そんなこと言われると照れるな」

頭を掻きながら言うと、奥野は笑った。

「俺だってそうだよ。拓海は俺に感謝してくれたけど、俺はただ、自分の好きなものを好きだって言っただけだ。でも多分、そういう些細なことで話しかけてもらうことが嬉しかったんだろうな。『一人だからかわいそう』とか『優しくしてあげないと』みたいなことじゃなくてさ」

人が親しくなるきっかけなんて、ささやかなことが多い。話しかけるのは自分からでも相手からでも、きっかけは些細なこと。それは、ごく自然に、当たり前のようにやってきたことだったので、雄一は、そのことに対して何とも思ったことがなかった。

だけど、その「些細なきっかけ」が嬉しくて、寂しさから救われる人もいる。優しさから声をかけてもらえることも、もちろん嬉しいだろうが、何でもないことをきっかけに親しくなるというのは、きっと、それ以上に特別なことなのかもしれない。

「何が救いになるのか、わかんないな」

何も知らなかったから、奥野を助けようなんて思っていなかった。辛い気持ちを必死に堪えていたことも気づかず、ただ、自分が好きだったキャラクターを見つけて嬉しかったから声をかけた。そんなことが、奥野を立ち直らせるきっかけになっていたなんて、雄一にとっては驚きでしかない。

「人って、自分では気づかないうちに誰かを傷つけていることもあるけど、同じように気づかないうちに、誰かを助けていることもあるんだろうな。ほら、倉田って親が離婚して母子家庭だけど、父親に対して『一緒になってくれて良かった』って言ってたことあっただろ？　それ聞いた後、父親と喧嘩したことがあって、何日か引きずってたんだけど、その言葉思い出して、素直になれたんだ」

彼の両親は、雄一が一歳になる前に離婚している。物心つく前に別れていたので、父親がいないことは当たり前だったが、少し大きくなると当然そのことに疑問を持つ。最初に訊いたのは、自分でも憶えていない頃だったようだが、記憶にある中で、初めて父親のことを訊ねたのは、小学一年生の時だった。

喧嘩をしたと説明されたが、雄一はそれでは納得できなかった。何度も訊ねると、母は諦めたように、家事も育児も手伝ってくれない思いやりのない人だったと教えてくれた。その時の顔が、怒っているのに悲しそうな顔をしていて、よくわからないなりに、何か悪いことを訊いてしまったのかと不安になったが、そんなことがあったからか、その後もいろいろと考えるようになった。

きっと、父親には父親なりの優しさがあったのだろう。想像でしかないが、そうでなければ、母はあんな悲しそうな顔をしないはずだ。

昔は父親と遊ぶ子どもを見ると、やはり寂しく、母と二人の生活を幸せだと思ってはいても、父親のいる生活とはどんな風なのかと考えることがあった。母と二人だから、雄一も小さい頃から家の手伝いはよくしていたので、家事が大変とか面倒とか思う気持ちはわかるのだが、離婚になってまで嫌だったのかと思うと、顔も知らない父親に不満を覚えることもあった。

けれど父親がいたから、自分は生まれてきた。そのことを思うと、たとえ一時でも一緒になってくれたことは感謝している——と、両親の離婚の話をした時、そう話したことがあったのだが、父親と喧嘩した奥野は、それを思い出して和解したらしい。

「無自覚なら難しいかもしれないけど、できるだけ助ける側でいたいよな」

雄一が呟くと、奥野は振り向いて笑った。

「だな」

卒業後の進路に向けて、同学年でもう動いている人は何人もいる。雄一は、まだ何も決められていなかった。自分がどうしたいのかわからず、夢も目標もない。それでも「こうなりたい」という自分は見えた気がする。

誰かを、無意識でも傷つけてしまうことはできるだけ少なく、誰かを、無意識でも助けることはできるだけ多く——勉強で何とかなることではないし、自分が、誰かを傷つけてしまったか、助けてあげられたのかを知ることはないかもしれない。理想の自分になれるかどうかも、なれたとしてもそれを実感できるのかも難しい。それでも——。

「また明日」

「ああ。明日な」

手を振って、ホームの階段を上っていく奥野を見送りながら思う。あの日の、自分の言葉と行動が奥野を笑顔にし、奮い立たせるきっかけとなったのなら、それは、自分にとっても嬉しいことだった。

大学入学後、友達は何人かできた。サークルの先輩や後輩とも親しくなった。けれど大学で、一緒にいて一番楽しいのは奥野だ。だから、奥野と親しくなれたことを嬉しく思っているのは雄一だって同じなのだ。

あの時、声をかけて良かった。誰かを助けることは、もしかしたら、そんな風に自分に関わってくるかもしれない。そして、自分達が親しくなったことで、よく一緒にいるようになった琴美と由香。四人でよく会ううちにどうやら、奥野は、琴美に気があるらしいことに気がついた。そして、おそらくそれは琴美の方も――。

お互い気がある様子なのに、どうも二人揃って鈍いらしく、意識し合っているのに気がついていない。最近は、何とかしてやれないかと考えていたところなのだが、もし付き合うようになったら、それも、自分と奥野が親しくならなければなかったかもしれない。

あの日、奥野に声をかけたことは、いろいろなところに繋がっている。きっと、気づいていないだけで、世の中にはそんなことがたくさんあるのだろう。気がつかなくても、自分の行動が、そんな風に良い方向に関わっていけたらと思う。とりあえず、人に寄り添える自分になることを意識していこうと思いながら、雄一もホームの階段を上っていった。

四

一人になって、もうすぐ五年――一人きりの生活には慣れた。でも、欠けてしまった心の穴は、未だにポッカリと空いたままだ。

「お疲れ様でした」

「お疲れ様」

声をかけてくれた後輩の佐伯薫に挨拶を返し、紗月は職場である家具メーカーの会社を出た。大学卒業後、経理部に就職し、結婚して産休を経た後も、紗月はずっとここで働いている。

出会いは、母親に頼まれて出かけたスーパーだった。二十歳前後の男の子が、慣れた様子で野菜を選んでいるのを見かけた。珍しいと思ったが、特に気に留めることなく、紗月はカットされたレンコンに手を伸ばした。

二つ残っていた片方を取った時、横から手が伸びてきて、もう一つのレンコンを取っていった――と思ったら、何故かそれは、紗月に向かって差し出された。

「こっちのほうが、質が良いですよ」

「え？　あ、ありがとうございます……」

それはあの男の子で、突然のことに驚きながらも、紗月は差し出されたレンコンを受け取り、先に持っていたレンコンを戻した。彼に頭を下げ、そのまま歩き出したものの、ふと、振り返ると、戻したレンコンを彼がカゴに入れているところだった。質の良いレンコンと取り換えてくれたのだと紗月が気づいた時、彼は既に見えなくなっていた。

実際、そのレンコンは新鮮だった。紗月には見分けがつかないので、もう一つが悪かったのかどうかわからないが、母親に見せると他の野菜は普通だが、レンコンだけは新鮮だと言われた。あの男の子は料理が好きなのだろうか？——その時は、そんな風に思っていただけだが、数日後、紗月が今度は自分の買い物でスーパーに行くと、鮮魚コーナーで魚を選んでいる彼を見かけた。紗月は彼に近づき、話しかけた。相手は驚いた顔をしたものの、レンコンのお礼を言うと思い出して笑ってくれた。それを期に、何度か会うようになり、一ヶ月後には彼と付き合うようになっていた。

子どもができたこともあって半年後に結婚した彼は、四つ年下で当時十九歳。紗月は二十三歳になったばかりだった。見た目も中身もまだ幼さはあったが、彼は高校卒業後に就職していたので、社会人としては先輩だった。買い物上手なだけでなく、家事は一通りできるようで、結婚前に住んでいたアパートの部屋は掃除が行き届き、キッチンには食材や調味料がしっかりと揃っていた。

だが結婚後、彼は「俺の仕事じゃない」と家事を一切手伝ってくれなかった。育児にも協力的でなく、さらには、生後間もない子どもの前でも平気でタバコを吸った。二十歳を過ぎ、会社の先輩にもらったらしいが、子どもの前だけは止めてほしいと何度注意しても聞かず、次第に喧嘩が絶えないようになり、結局、子どもが一歳になる前に離婚してしまった。

それ以来、一人で子どもを育てながら必死で働いてきた。記憶がないとはいえ、子どもには父親がいないことで、寂しい想いや苦労をさせてしまったが、明るく元気な優しい子に育ってくれた。

成績はまあまあだったが、運動神経は自分に似て、スポーツを苦手としていた。それでも体を動かすことは好きだったらしく、体育の授業は楽しんでいたようだ。

だから今でも、外でサッカーやキャッチボールしている子ども達を見ると、昔のあの子を思い出して苦しくなる。通りかかった公園で、楽しそうにキャッチボールをしている親子を見かけ、紗月は思わず、肩にかけた鞄を強く握った。

遊んでいるのは五歳ぐらいの男の子と母親で、母親が青色の小さなボールを優しく投げると、男の子は取り損ねたものの、楽しそうにそれを追いかけ、捕まえたボールをえいっと投げ返した。地面にバウンドしながらも転がってきたボールを母親が受け止め、上手上手と褒めている。平凡だが微笑ましく、幸せな光景だった。自分達も、昔あんな風にキャッチボールをよくやっていた。母親は、あの子と同じ年頃だろうか。そう思い、ふと気づいた。

そうか……まだ若いけれど、あの子も、あれくらいの子がいてもおかしくないのか。そう思うと、久しぶりに涙が出そうになり、紗月は慌ててその場を離れた。小走りで駅に向かうと、ちょうどホームに入ってきた電車に乗り込む。自宅のある駅までは二駅。そこから、徒歩十分ほどの所にある2DKのアパートが紗月の住まいだ。子どもが大きくなってからは狭いと思っていたが、今となっては広く感じる。それでも、二人で暮らした思い出の詰まったこの場所を離れることができず、今も住み続けていた。

部屋に入った紗月は、自室として使っている和室の隣の部屋に入った。小まめに掃除をしているだけで、五年間そのままの部屋。一つだけ違うのは、窓の近くに置いた小さな仏壇だ。その前に座ると、途中で買ってきた桃を一つ取り出して供える。

「ただいま。ほら、おいしそうでしょ。今日は奮発して高いのを買ってきちゃった」

甘党で、辛いものが苦手なところも自分と同じだった。一緒にコンビニのデザートを食べ比べたり、小さい頃はクッキーやマドレーヌを作ったりと、甘いものには楽しい思い出がたくさん詰まっている。

今は手放してしまったが、自分の父が桃農家を経営していて、昔は時期になるとよく送ってくれていたこともあって、果物の中で桃は特に大好きだった。父が足を悪くし、後継ぎがいなかったため手放してからは滅多に食べられなくなったが、この五年間、紗月は毎年、時期になると何度か仏壇に供えていた。

「今日ね、ちょっと思ったの。少し早いけどあんたの歳で、幼稚園ぐらいの子どもがいる人はけっこういるんだろうね。もうそんな歳なんだなあって……ねえ、生きていたら、そろそろあんたも結婚を考えた頃かな？　それとも、まだ仕事一筋かな？　もしかしたらもう、子どもがいたりして——雄一は、どうだったんだろうね」

遺影の中で楽しそうに笑う息子に、紗月は静かに呼びかけた。

倉田雄一君のお母様ですか？——自宅の電話にかかってきた知らない男性の声。まだ何も聞いていなくても、その言葉だけで、紗月は体が震えた。知らない人から、こんな電話がかかってきて、良い話だとは思えなかったからだ。それでも、頭の中の声は、必死に否定していた。違う……何でもない……何もない……あるはずがない。相手が、再び口を開くまでの数秒間がとても長く感じた。

願いは届かなかった。息子が亡くなったと聞かされた紗月は、取り落としそうになった受話器を必死で握りしめた。自分が何を言ったのかもわからないまま、急いで病院に向かった。震えながら対面した息子は、顔や体のあちこちを火傷していた。痛ましい姿だったが、目を離すことなんてできなかった。紗月は息子の手を握りしめ、その場にくずおれると大声で泣いた。

雷が鳴っていた。仕事を終え、最寄り駅から出たところだった紗月は、雨が降らないうちにとアパートへと急いだ。自宅に着いてからも、幾度となく鳴っていた雷。まさか、それが息子の命を奪うなど、その時の紗月は想像もしていなかった……。

その雷で、一軒のラーメン屋が火事になった。雄一が店の前を通りかかった時に落雷があり、崩れ落ちてきた看板の下敷きになった雄一は、全身に大火傷を負い亡くなった。

それから何日もの間、紗月は悲しみに打ちひしがれていた。雄一が店の前を通ったのは本当にたまたまで、そのタイミングで落雷があった。不運な事故だった。それはわかっているが、頭でわかっていても、心は納得できない。恨みや怒りをぶつける相手もなく、溢れる苦しさを抑えるのに精一杯で、生活は荒れた。

ろくに食べることができず、掃除や洗濯もできず、もちろん仕事にも行けなかった。毎日、雄一の部屋で泣き崩れていた紗月が立ち直るきっかけになったのは、あのラーメン屋の店主だった。

ある時、インターフォンが鳴ったが、紗月は出ようとしなかった。だが、訪問相手は何度もインターフォンを鳴らした。しつこいと思いながら無視をしていた紗月の耳に、相手はあのラーメン屋の者だと名乗った。反射的に紗月は、仏壇の前から立ち上がると、走って玄関のドアを開けた。

そこにいたのは、黒いスーツを着た四十代半ばの男性。ひどくやつれた顔をして、勢いよく開けられたドアに、一瞬驚いた顔をしたものの、それでも紗月が出たことに安堵したような表情を浮かべた後、すぐに姿勢を正して深々とお辞儀をした。

仙崎と名乗ったその人は、挨拶が遅れたことを開口一番に謝罪し、そして、雄一が亡くなったことに対しての謝罪を述べた。雷は自然災害だ。店の看板が雄一の死因だったとしても、それは彼のせいではない。狂ってしまいそうな苦しみの中、紗月はそれだけは頭に置いていた。雷を恨むことはできないが、その矛先を店に向けてしまうのは、雄一が悲しむだけだとわかっていたから。

「……顔を上げてください。雷はあなたのせいではありません。雄一は……息子はあなたの責任だなんて思っていません」

正直に言えば、自分自身は許せないという気持ちがあった。事故後、警察を通して訊いた話では、看板は老朽化によりだいぶ傷んでいたらしい。見栄えが悪くては客が来ないからと、表面上はきれいにしてあったが、だいぶガタがきていたそうだ。もしも、きちんと修理されていたなら、看板の落下は免れたかもしれない。

実際には、看板が修理されていたところでダメだったとしても、それでも、僅かでも助かる可能性があったかもしれないと思うと、手入れを怠ったこの人が許せなかった。それでも――。

「息子は、あなたを恨んではいません。たとえ看板を修理していれば、こんなことにはならなかったかもしれなくても、それでも、雷があなたの責任でないのは確かです。もしもこれが私と息子、立場が逆だったとしたら、あの子はそう言うはずです」

雄一は絶対に、この人を恨まない。散らかった心の中で、たった一つ、それだけは紗月の中で確かなことだった。そして、目の前で泣きながら謝る仙崎にそう伝えた時、自分の中で少しだけ、抱えていた何かが下りたような気がした。

「息子は自分の命を……私は息子を失いました。でも、それは仙崎さんも同じです」

自然と口をついて出てきた言葉に、紗月ははっとした。ああ、そうだ……この人は店を失ったのだ。定休日だったことが幸いし、従業員も客もいなかったため、あの火事で命を落としたのは雄一だけだったが、仙崎にとって、あの店は大切な場所だった。

あの辺りには、ラーメン屋がいくつかあるが、その中でも、親から受け継いだという仙崎の店は一番古く、それもあってか、ここ数年の売上は悪かったそうだ。看板の修理を後回しにしたのも、そういった金銭的な事情が影響しているらしい。

紗月は食べたことがなかったが、知人から味はおいしいし、店員の接客態度も良く、古くても店内の掃除はきちんとされている良い店だと聞いたことがあった。売上が落ちていても常連が離れることはなく、この人が店を大事にしていたと同じように、常連達もあの店を大事に思っていた。

挨拶が遅れたと詫びていたが、この数日間店のことで大変だっただろうし、悲しみに打ちひしがれていたであろう。彼も、大切なものを失ったのだと思うと、挨拶が遅れたことを責めるなんてできなかった。

彼は親から受け継ぎ、大切に守ってきた場所を雷で奪われた。命と違い、店なら直すことができるとしても、やり切れない思いは同じはずだ。不運だったとしか言えないが、紗月と同じように、そんな言葉で納得できるはずがないだろう。その上、自分の店の看板が一人の人間を死なせてしまった。彼は今、自分以上に苦しんでいるはずだ。

「申し訳ありません……私は、自分が息子を失った苦しみばかりにとらわれていました」

頭を下げると、仙崎は慌てて頭《かぶり》を振った。

「そんなことは当然です！　悪いのは――」

「悪いのは、雷です」

仙崎の言葉を遮り、きっぱりと言う。

「でも、雷を恨んだところで、どうしようもありません。ですから、私達はもう、前に進みましょう。息子も、それを望んでいるはずです」

「……はい」

青白く、やつれた顔。ずっと、ろくに食べず、眠れていないのだろう。最近は鏡を見ていないが、自分も同じような顔をしているはずだ。これでは、雄一が心配して休むことができない。

「仙崎さん。どうか、息子のために元気になってください。私やあなたがいつまでも苦しんで生活を疎かにしていることは、あの子のためになりません。息子がゆっくりと休めるように、どうか一緒に前に進んでください」

そう言って、紗月が頭を下げると、

「はい！」

と、仙崎は泣きながら、でも、今度は力強く答えてくれた。

それから五年後の今、空いてしまった心の穴は埋められないが、それでも紗月は毎日をきちんと生きていた。仕事に復帰し、少しずつ生活を整え、時々旅行にも出かけるようになった。昔雄一と旅行した温泉や、いつか行きたがっていたオーストラリア。海外に一人で行くのは勇気が要ったが、それでも雄一の写真を連れて、いろいろな場所に行き、あちこちの景色を見て回っていると、少しだけ、二人で旅行している気持ちになれた。

もちろん本当は、生きている時に一緒に行きたかった。雄一のことを思わない日はなくても、まともに食事や睡眠を取り、掃除や洗濯などの家事をやるようになると、少しずつ、心は落ち着きを取り戻していった。

雄一が好きだったお菓子を仏壇にと持ってきてくれた隣の人や、復帰後もまだ調子が悪かった紗月に、嫌な顔一つせず、仕事を手伝ってくれた同僚や後輩達。失ったものは大きいけれど、自分の周りには優しくて温かい人達がたくさんいる。

「でも、やっぱり今日みたいなこと考えちゃうと辛いな」

遺影の中で笑う息子に向かって、紗月は呟いた。暗い気持ちを振り払うように、紗月は頭を振ると、夕食の支度をしようと立ち上がった。その時、家の電話が鳴った。気持ちが沈んでいたせいだろう。あの日も、このくらいの時間だったと思い出し、一瞬ドキリとしながらも、紗月は、電話に手を伸ばし受話器を取った。

よく晴れた、少し暑いくらいの日曜日の午後。紗月は、久しぶりに買った茶葉で丁寧に紅茶を入れていた。紅茶は好きだし、以前は茶葉から入れるこだわりがあったが、雄一が亡くなって気力を失くして以来、茶葉で買わなくなってしまっていた。五年ぶりなのでおいしく入れられたかと少し緊張する。

紗月が紅茶を入れ終えた時、引き戸を開けた部屋の中で、仏壇の前に座っていた青年が立ち上がった。身長は、男性としては低い方だが、端正な顔立ちをした彼は、紗月の前まで来ると頭を下げた。

「ありがとうございました」

「いえ。こちらこそ。雄一も喜んでいると思います。どうぞ」

紗月が勧めると、彼は、嬉しそうに紅茶のカップの置かれたテーブルに着いた。テーブルには、近所の洋菓子店で買った桃のショートケーキも並んでいる。定番の苺の他に、旬の果物を使うショートケーキはその時の限定品で、雄一はそれぞれの時期で、必ず一度は食べていた。

「桃、あいつ好きでしたね」

そう言って彼は、懐かしそうに笑い、手を合わせた。

「いただきます」

「あの子の好きな季節のショートケーキ、いつもは私一人で食べてるから、今日は奥野君がいてくれて嬉しい」

奥野涼介――大学時代、雄一が一番仲良くしていた友人だ。もちろん、彼は葬儀にも来てくれたし、雄一からも、よく話に聞いていた。雄一は紅茶が苦手だったが、涼介は紅茶が好きだと聞いていたため、紗月は久しぶりに、缶入りの茶葉を買ってきたのだ。

「おいしい。ニルギリですね」

穏やかな香りと渋みが特徴のインド南部産の紅茶で、ミルクやスパイスを使ったものに適している。紗月がミルクティーにしたそれを、涼介はおいしそうに飲んだ。

「茶葉もわかるなんて、本当に好きなのね」

「うちは、両親が紅茶派だったので、その影響です。代わりにコーヒーが苦手で、ミルクも砂糖もしっかり入れないと飲めません」

そう言って、涼介は笑った。紗月も、懐かしそうに笑った。

「雄一はコーヒー好きだったな。大人ぶって中学生からブラック飲み始めて、最初は苦そうにしてたのに、いつの間にかおいしそうに飲むようになって」

「そういえば、初めて話した時も、ブラックコーヒー飲んでたな。俺、自分がコーヒー苦手だから『こいつ大人だなあ』って思ったんですよ」

二人の出会いは、雄一から聞いていた。子どもの頃に好きだったアニメの、好きだったキャラクターのチャームを鞄につけている奴がいた——確か、入学したばかりの頃、学食で隣に座っていたと言っていたから、その時に飲んでいたのだろう。

「大人……か。あの子はまだ、大人になりきれていなかったのにな」

せっかく来てくれた涼介の前で、暗いこと言ってはいけない。そう思っていたのに、言葉は勝手に飛び出していた。雄一が亡くなったのは大学四年生の時。生きていたら、今年で二十七歳だった。自分が何をしたいのか、なかなか見つからなかったようだが、それでも自分にとってのやりがいを見つけたいと、就職活動に励んでいる最中《さなか》でのできごとだった。

「俺、高校の時にも、一人友達が亡くなってるんです」

唐突に、涼介が言った。その言葉に驚いて紗月が顔を上げると、涼介は寂しそうな笑顔を浮かべて言った。

「病気で亡くなったその友達も、学部は違ったけど同じ大学受ける予定だったから、もしかしたら、三人で仲良くなっていたかもしれません」

「そう……だったの」

「倉田——雄一君と初めて話した時、俺はその友達の死から立ち直れてなくて、そんな時に話しかけられて、俺、その友達と仲良くなった時のこと思い出したんです。きっかけが同じような状況だったから」

「でも、それなら辛かったんじゃない？」

そう訊ねると、涼介は小さく笑った。

「あいつにも同じようなこと言われましたけど、辛くはありませんでした。むしろそれをきっかけに、本当の意味で立ち直れたんで」

言葉の意味はわからなかったが、彼には彼の事情があるのだろう。

「俺、その友達に、二十歳になったら一緒に酒飲もうって言ったんです。だいぶ弱って、もうだめかもしれないと心のどこかで思いながらも、そんなこと認めたくなくて、あいつと生きる未来がきてほしくて、そう口にしたんです。そんな未来がこないこと、きっと自分でわかってたはずだけど、友達は嬉しそうに頷いてました……その約束は、二十歳の誕生日に墓参り行って、その前で飲むことで叶えました。でも俺、墓の前で飲んだ時、久しぶりに泣いたんです。あいつは、まだ酒も飲めるようになる前に逝ったんだって……」

その言葉に、ドキリとする。大学生だから大人になりきれていなかったと紗月が嘆いているなら、高校生で亡くなってしまったその子の両親は、どんな気持ちだっただろう。

「だけど、二人とも、俺にたくさんのものを残してくれました」

そう言って笑う涼介の笑顔は、先ほどとは違って晴れ晴れとしていた。

「高校の友達、拓海っていうんですけど、静かな性格だけど、自分の考えはしっかり持ってて、よく相談に乗ってもらったし、気が合うから、一緒にいて本当に楽しかった。雄一君は優しくて――今から思うと、お母さんと二人だったからかもしれませんけど、気配りや心配りが上手でした。意識してるわけじゃないみたいで、本当に自然に、そういう配慮ができる奴で、俺も何度も助けられました」

「そういえば、子どもの頃から買い物に行くと進んで荷物を持ってくれたり、私より身長が高くなってからは、一緒に歩く時は歩幅を合わせてくれてた」

教えたことなど一度もないのに、雄一は幼い時から、そんな細やかな優しさを見せてくれていた。でもそれは、自分と二人だったからではなく、きっと、あいつに似たのだと思っている……夫として、父親として、あいつはダメな人だったけれど、気配りや心配りはできる人だったから。

可愛がっていた犬が亡くなり落ち込んでいた時は、ずっと側にいて慰めてくれたし、少し頭痛がしていた時も、何も言わなくても体調が悪いことに気づいて薬を買いに行ってくれた。そもそも、出会いが優しさだった。二つしか残っていなかったレンコンのうち、質の良い方を譲ってくれた。紗月が気にしないよう、目の前で交換することもしなかった。

家事や育児を協力してくれないことで忘れていたが、あいつの心の根っこの部分は、ちゃんと優しかった。そのことを、紗月は雄一に父親の話をした時に思い出していた。

最初に訊ねてきたのは三歳の頃で、その時は喧嘩をしたと言えば納得した。しかし小学校に上がり、再び訊ねてきた雄一は、今度はそんな説明では納得しなかった。できれば話したくはなかったが、紗月は、家事や育児を手伝ってくれなかったことで喧嘩ばかりになってしまったと正直に伝えた。

話しながら、当時を思い出して口調が荒くなったが、同時に、何故か優しかったことも思い出してしまった。言葉とは裏腹に浮かぶ優しい記憶。ちゃんと優しい人だったのに、どうしてこんなことになったのだろうと悲しかった。怒りと悲しみが入り混じり、苦しかったその時、雄一の小さな手が、自分の手をそっと握った。

「大丈夫？　ごめんね」

心配そうに自分を見つめる息子。まだ六歳だったので、自分の複雑な心の内を理解していたわけではなかっただろうが、それでも、母親の様子がおかしいことに気づき、わからないなりに、自分が何か悪いことを訊いたのではないかと気にしていた。

その時に思ったのだ。顔立ちや能力、好みなどは自分に似ているが、雄一は、あいつの良い部分を受け継いだのだと。

「二人とも、仕事に就くことも家庭を持つこともできなかった。大人にはなりきれなかったけど、残してくれたものはある。これもその一つです」

そう言って、涼介は自分の左手の薬指に嵌められた指輪を見た。その指輪には気づいていたが、素直な祝福を口にすることができなくて、紗月は気づかないフリをしていた。

「篠塚琴美って、憶えてますか？」

「通夜と葬儀にも来てくれた小中学校の同級生だった子よね。大学で再会した時、中学の卒業アルバムを見せてくれたことがある。確か葬儀の時、もう一人、女の子と三人で挨拶しにきてくれた――えっ？　もしかして琴美ちゃんと？」

「はい。大学で再会して話すようになったらしくて、それで俺も話すようになりました。

お互い意識してたのに、俺達揃って鈍いみたいで、なかなか進展しなかったんですけど、そこを雄一君が背中を押してくれたんです。おかげで三年の時に付き合うようになって、一昨年結婚して、先月には、子どもも生まれました。今は地元を離れていますが、彼女が出産で里帰りしてるので、俺も久しぶりにこっちに来たので、今日は雄一君にその報告をさせてもらいに来たんです」

そう言って、涼介は鞄から手帳を取り出すと、中から写真を抜いて、テーブルの上に置いた。病院で撮ったのだろう。そこには涼介と、昔の面影を残しながらも、きれいになった琴美。そして彼女に抱かれた赤ちゃんが写っていた。

「男の子。雄海《ゆうま》っていいます」

「ゆうま？」

「雄一の雄に、拓海の海で雄海。俺の大切な二人の友達からもらった名前です。二人のような子になってほしくて名付けました」

紗月は写真を取り上げ、三人をじっと見つめた。そうか——自分の家族を持つことは叶わなかったけれど、一つの家族を雄一は残すことができたのか——そう思うと、目の奥がじわりと熱くなった。きっと雄一は、大切な友達が家庭を持ったことを喜び、その幸せを心から願っている。それなら、私が伝えてあげないと。あの子が言えなかった祝福と願いを——。

「おめでとう。幸せになってね」

こぼれた涙を指で拭い、写真を返すと、涼介は嬉しそうに笑った。

「ありがとうございます」

幸せそうなその顔を、紗月は、今度は幸せな気持ちで見ることができた。


涼介が帰り、テーブルの上を片づけた紗月は、仏壇の前に座った。仏壇には、涼介が持ってきてくれたサクランボのパウンドケーキが供えてある。紗月が一人でも食べきれるようにという配慮だろう。切り分けられたものが二切れ袋入りになったものだ。渡された紙袋の中には、ケーキの他にブルーベリーのジャムが入っていたが、今住んでいる家の近くに果物を使ったお菓子や、砂糖不使用のジャムやドライフルーツだけを扱う店があるらしく、そこで買ってきたものだそうだ。

「涼介君だって、配慮ができる子じゃない」

紗月が一人でも食べきりやすいお菓子を選び、でも、それでは少し寂しいだろうとジャムも入れてくれたのだろう。しかも、ブルーベリーは紗月が好きで、家のジャムはこれが定番だった。偶然か、それとも雄一から聞いたのかはわからないが、なんとなく、紗月は後者だと思っている。彼なら、ほんの些細な会話でも、きっと思い出してくれたのではないかと思うからだ。

「あんたが話してくれなかったこと、たくさん教えてもらっちゃった」

彼の話は雄一もよく聞かせてくれたが、知らないことはたくさんあったし、同じ話であっても、涼介の側から聞くとまた違った話も聞けて、紗月は久しぶりにたくさん笑った。

「涼介君が言ってたよ。雄一との思い出は、自分にたくさんのものを残してくれたって」

拓海というもう一人の友人は、趣味や食べ物の好みなど、よく気が合ったようだが、雄一とは例のアニメのキャラクター以外、特に共通で好きなものはなかったらしい。ただ、だからこそ、お互い自分の好みだけでは触れない世界を知ることができたと言っていた。

例えば、雄一は漫画ばかりで小説の類は読んでこなかった。逆に、涼介は小説が多く漫画を読まなかったが、互いの影響でそれぞれの良さを知り、小説や漫画を貸し借りするようになった。他にも、下手でも体を動かすことが好きだった雄一に対し、涼介は苦手ではなくても、運動が好きではないらしかった。

けれど雄一に付き合って、軽い運動をするうちに、体を動かすことを楽しいと思えるようになったそうだ。

「俺達は、お互いの好きなものに触れることで、自分の世界を広げていったんです。俺の中には、あいつが残してくれたものがたくさんある。体を動かす楽しさや、漫画の面白さや、そこから感じた大切なこと。そういったことは、あいつに借りた漫画から得られたものです。それはつまり、雄一君に出会ったからこそ、得られたものだと思っています。運動や漫画が好きな友達は他にもいますけど、興味ないって言ったら、みんなそれで終わるか、押しつけるみたいな勧め方をするんですけど、雄一君は『興味がないなら、自分が嫌いかどうかもわからないだろ？』みたいな勧め方でした。強引さはなく、こっちが嫌がらない程度の控えめな感じで。だから『まあいいか』って、あいつの好きなものに付き合えて、俺の方も、気づいたら、自分の好きなものを勧めてました」

懐かしそうにそう話す涼介は、最後にこう言った。

「その広がった世界は、あいつと出会わなければ俺の中にはなかったかもしれない。それは俺のためだけじゃなく、子どもにも伝えていける。俺が子どもに伝えられることを、雄一君は増やしてくれたんです」

「涼介君は、雄一の残したものをわかってくれていたよ。あんなに早くに友達を二人も亡くしているのに、真っすぐに前を見てる」

葬儀の時、来てくれた友人達の中で誰よりも泣き腫らした目をしていたのに、涙は流していなかった。だからこそ、雄一の生前に会ったことがなかったにもかかわらず、彼は印象に残っていた。

辛く悲しく、苦しい状況の中で喪主として動かなければならず、周りを見る余裕などなかったが、それでも、泣いてくれる雄一の友人達は目に入っていた。そんな中で、涙を流すことなく、真っすぐに顔を上げている涼介は、どうしても目立っていた。けれど、真っ赤に腫れ上がった目を見れば、ここに来るまでにどれだけ泣いてくれたのか、震えている体を見れば今、どれだけ泣くのを堪えて顔を上げてくれているのかわかった。

涼介には言わなかったが、その姿を見たからこそ、紗月は気をしっかり持っていられたといってもいい。あの子がしっかり見送ってくれようとしているのだから、自分もきちんとしなければと――。

強い子だと思った。でも、そうではなかった。一度大切な友達を亡くしたからこそ、再び早くに友達を亡くした涼介は、本当は誰よりも辛かったに違いない。それでも、真っ直ぐに顔を上げていたのは、雄一が残したものを見失っていなかったからだろう。

拓海という友達を亡くした時も、その子の残したものを見失わずにいたのだと思う。雄一と出会った時、まだ引きずっていたらしいが、雄一との出会いで「本当の意味で」立ち直れたと言っていた。それはつまり、その前から、自分で少しずつ、心の整理をつけていたということだ。友達の死を受け止め切れてはいなくても、少なくとも立ち止まってはいなかったのだろう。

涼介の中で何があったかはわからない。けれど彼は、拓海君も、自分にたくさんのものを残してくれたと言っていたから、きっとそこから、雄一の「残してくれたもの」に気づいていったのだと思う。

葬儀の日、まだ、雄一の死を誰もが受け入れられずにいたあの時、彼は自分の中にいる雄一を見失わなかった。だから彼は、涙を見せなかった。両手の拳を握りしめ、必死で堪えているのがわかるほど震えながらも、顔を上げて雄一を送り出してくれた。

「話せて良かった」

社会に出ることも、家庭を持つことも叶わなかったけれど、雄一の残したものはちゃんとある。そしてそれは、涼介が子どもに伝えていき、その子どももまた、いつか誰かに伝えてくれるかもしれない。そう思ったら、心の底から喜びが溢れてきた。

「私も、もっと、しっかり生きるからね」

雄一の、叶わなかった未来を想って暗い気持ちになるのはもう止めよう。そんなことをしても、あの子が悲しい想いをするだけだから。自分の中にも、雄一が残してくれたものはたくさんある。それらをしっかりと見つめて、大切にしよう。

「良い友達を持ったね」

遺影の中で笑う雄一の笑顔が、今はなんだか、誇らしげに見えた。

五

蝉の声がうるさい。時計を見ると、まだ朝の七時前。土曜日なのだから、もう少し寝ていたかったが、こうもうるさくては寝ていられない。タオルケットを跳ね除け、ベッドから下りると、隼人は大きく伸びをした。

「……何で、こんな近くで鳴くんだよ」

どのみち、暑くて寝ていられないが、目覚ましより早く起こさないでほしい。顔を洗らって、着替えをすませ、冷蔵庫を開けると水を取り出す。ペットボトルのお茶と水。たまに少しだけ飲みたくなる缶ビールの他は、ろくなものが入っていない。自炊をしないので食材や調味料はなく、食べ物は冷凍炒飯やパスタ。カップ麺くらいだ。

「……パン忘れた」

朝はいつも、コンビニやスーパーで買う袋入りのパンなのだが、買うのを忘れてしまった。出かけるのは面倒だが、起き抜けに食べたいようなものがない。でも、昨日は仕事でトラブルがあって残業になってしまい、途中でおにぎりを一つ食べただけなのでお腹は空いている。

しかたなく、コンビニに行くために隼人はアパートを出る。コンビニまで徒歩十分。最寄り駅が十五分。隣町にある勤め先の会社は駅から五分。開店前なので行けないが、大型のショッピングモールがアパートのすぐ近くにあるし、銀行や郵便局、歯科医院なども徒歩圏内という便利な立地のため、免許を取っていない隼人も、特に不自由を感じることなく生活している。

とはいえ、やはり暑さ寒さの厳しい時は外を歩くのが嫌になる。できるだけ日陰を選んで歩いていると、ふと、微かに味噌汁の匂いが漂ってきた。思わず振り返ると、どうやら今通り過ぎたばかりの店かららしく、年配の夫婦が出てきたところだった。開いたドアから漂ってきた温かい匂い。今は熱いものなんて口にしたくなかったのに、そのほっとする匂いにつられ、隼人は店の前に立った。

「モーニングカフェ『輝き』？」

どうやら、朝ご飯専門のカフェらしい。そういえば、ここしばらく、何か準備をしている様子だった。興味がないので気にしたことがなく、オープンしたのがいつかもわからない。営業時間は六時半から十一時半まで。和食と洋食が定食で一種類ずつしかないが、毎週日替わりのようだ。

黒板に書かれた今日のメニューは、和食が豆腐とネギの味噌汁に白米。出汁巻き卵にキュウリとワカメの酢の物と、アジの開き。洋食はバゲットのBLTサンドに、ミニサラダとヨーグルトとある。

「昨日は、和食が梅とシソの混ぜご飯に、豆腐とワカメの味噌汁。じゃことネギの和風オムレツ。洋食がバタートーストにチーズオムレツとソーセージ。コールスローサラダか」

黒板には、定休日の木曜日以外、一週間分のメニューが書かれていて、普段朝食は菓子パンなどですませているため、その家庭的なメニューに隼人は惹かれた。

こんな、ちゃんとした朝ご飯なんて、自炊をしないこともあるが、食が細いので何年も食べていない。おいしそうだが、食べきれないだろう……そう思っていたのだが――。

「いらっしゃいませー」

気持ちとは裏腹に、気づくと隼人は店のノブを引いていた。

「一名様ですか?」

自分とそれほど変わらない年頃の女性に訊かれ、無意識に入ってしまったことに戸惑っていた隼人は、慌てて頷いた。こちらへどうぞと二人用の席に案内されてしまい、しかたなく、食べられるだけ食べようと、隼人はカウンターが見える方の席を選んで座った。すぐに女性が、水の入ったグラスとおしぼりを運んでくる。

「本日のメニューはこちらになります」

そう言って、女性は表の黒板と同じ内容を書いたメニューを差し出した。

「和食の方でお願いします」

味噌汁の匂いにつられたこともあり、隼人は迷うことなく和食を選んだ。

「かしこまりました」

女性はそう言って、にっこり笑うと、カウンターへと戻って行く。そして、厨房の中にいた男性に注文を伝え、同時に渡された洋食のセットを手に、本を読んでいる女性の席へと運んでいった。通り過ぎる時に見えたトレイの上には、食べやすい大きさに切って切り込みを入れたバゲットに、レタスとトマトとベーコンを挟んだサンドイッチが二つと、ニンジンとオレンジのサラダ。それにハチミツのようなものがかかったヨーグルトが載せられていた。

見ていると、おしぼりで手を拭いた女性と目が合いそうになり、隼人は慌てて、視線をカウンターの方へと向けた。

客は、自分の他にはその女性と、ドアに近い席にいる年配の男性の三人だけ。男性は和食を食べていたので、味噌汁の匂いはそこから漂ってきたのだろう。

「お待たせしました」

しばらくして、女性が定食をテーブルに運んできた。白いご飯と味噌汁。少し焦げ目のついた、見るからにフワフワの卵焼きに、大根おろしを添えたアジの開きと酢の物。どれも想像していたとおり、おいしそうだった。

店員が離れると、箸を手に取り、隼人はまず、最初に蓋かれた味噌汁の椀を取った。一口すると、優しい味わいが口の中に広がっていく。そういえば、味噌汁なんて久しぶりに口にした。食が細いので外食をしても軽めのものしか食べないし、最近は、インスタントでさえ買っていなかった。

ずっと、あまり食べられなかった……それなのに、今は不思議と箸が進む。アジは身がふっくらとしていて、程よい塩気がご飯に合うし、出汁をたっぷり含んだ卵焼きは柔らかく、酢の物は普段食べているようなツンとくるような感じがなく、さっぱりとして食べやすい。どれもとてもおいしく、隼人は夢中で食べた。

おいしい――何かを食べて、心からそう思ったのは久しぶりだった。あまり食べられなくなってから、隼人にとって食事は、わずかな空腹を埋めるためでしかなく、こんな風に「食べたい」と思い「おいしい」と思うことが本当に久しぶりで、その久しぶりの感覚に驚きながら、隼人は夢中で食べた。

小さい時は人見知りもせず、誰とでもすぐに打ち解けられる明るい性格だったが、ある頃から隼人は、周囲に心を開けなくなってしまった。不登校になり、長く部屋に閉じこもっていた時期もあった。

なんとか学校に戻り、進学、就職も無事にできたが、心を閉ざしたあの頃から、淡々とした日々を送っている。就職で家を出てからは実家にも帰っておらず、毎日の食事はてきとうで、ろくに味わうことなんてなかったのに、今の自分は一口一口を、しっかりと味わっている。だからだろう。支払いの時、隼人はごく自然に口にしていた。

「ごちそう様でした」

「ありがとうございました。またお越しください」

そう言って、笑顔でお釣りを渡してくれた女性と、その後ろで会釈してくれた男性に頭を下げて店を出る。人当たりの良さそうな彼女に対し、男性は無口なようだが、仲は良さそうだった。他に店員はいなかったし、きっと夫婦だろう。

「でも『輝き』っていうのは、なんかイメージ違うな」

店を振り返った隼人は、看板を見て首を傾げた。外観も内装も、ナチュラルテイストというのか、白を基調としたすっきりとしたデザインで、所々にアンティーク風の家具や小物が置かれていた。流れていた音楽も、ゆったりとしたもので、その落ち着いた空間はキラキラとしたイメージの「輝き」では、どうもしっくりこない。朝をイメージした明るさという意味だろうか？　でも、それならもっと別の名前の方がいい気がする。まあ……どうでもいいことだけれど。

でも、料理は本当においしかった。食べきれないと思っていたのに、気づいたら完食していた。また来よう——久しぶりに心地良い満腹感を覚えながら、隼人は家路についた。


それから、三日と空けずに店に通うようになり、一ヶ月近く経った。世間では学校も夏休み真っ只中で、連日猛暑が続いている。

「おはようございます。今日も暑いですね」

「そうですね……やっぱり多いな」

いつもはできるだけ、人が少ない時間を狙って早めに来ているのだが、昨日も残業で遅くなり、疲れていたこともあって寝坊してしまった。スティックタイプのパンは買ってあったが、疲れていたのでこの店のご飯が食べたかった。予想はしていたが、土曜日の十一時近くだったので、今日はカウンター席しか空いていない。

「申し訳ありません。静かな席がお好きでしたよね？　一応ここも静かですから」

できるだけ他の客と離れた席に座りたがる隼人に、彼女が示した席はカウンターの一番端。確かに、他にカウンターに座っている二人とは一つ分空いているし、その二人も一人客らしく黙って食べている。他の客からも離れているし、近くにいるのは無口な厨房の男性だけだ。静かといえば静かである。

「今日は、どちらにしますか？」

隼人が座ると、水とおしぼりを置いた店員が、いつものように訊いた。今日は、和食は玄米のご飯にすまし汁。それにひじき煮と卵焼き。洋食はハムとチーズのサンドイッチにすりおろしたニンジンを入れたオムレツ。夏野菜のピクルスだった。サンドイッチの方は普通のか、ホットサンドで選べるらしい。

「洋食で、ホットをお願いします」

「かしこまりました」

そう言うなり、彼女は注文を厨房の男性に告げ、自分は帰り支度を始めた女性客の会計をするため、レジの前に立った。

「お待たせしました」

やがて、出来上がった注文を男性が直接カウンターに置いた。何度か通っているが、無口な上に、声も控えめなので、話しているのを見たことはあっても、彼の声を聞いたのは初めてだった。

「いただきます」

おしぼりで手を拭き、半分にカットされたホットサンドを齧る。カリッとした歯ごたえと、ハムとチーズの定番の味。シンプルだがそれ故に、ほっとする味だ。その一方でオムレツはすりおろしたニンジンがたっぷりで、何か混ぜてあるのかコクがあって、プレーンとは違うおいしさがあった。ミニトマトやパプリカ、キュウリ、ズッキーニなどのピクルスもさっぱりして、サンドイッチやオムレツと良く合う。

「ごちそう様でした」

きれいに完食した隼人が、ちょうど目の前にいた厨房の男性に声をかけると、男性は手を止めて、頭を下げた。

「いつもありがとうございます」

その時、何故、そんなことを言い出したのか自分でもわからない。気になったのは最初だけだし、訊こうと思ったことなんてなかった。けれどちょうど食べ終わった頃、他にいた最後の一人が帰ったこともあって、自分自身話しやすくなったためかもしれない。

「この店、どうして『輝き』なんですか？」

「えっ？」

反応したのは、最後の客のトレイを下げてきた女性だった。

「いや、失礼ながら、個人的に落ち着いた雰囲気と名前が合わないかと……すみません」

やっぱり訊かない方が良かった。そう思った時、女性が言った。

「朝食専門のカフェをやりたい——カフェをやりたいと言った彼に、私がどうしてもと頼んだんです。その代わりに、店の内装はすべて彼の希望に合わせました。こんな見た目だけど、こういう空間が好きな人なんです」

確かに、ちょっと武骨な印象を受ける顔立ちのこの男性が、ナチュラルな雰囲気にアンティークな家具や雑貨が好きとは意外だ。

「でも、名前は私が決めました。どうしてもこの名前が良かったから。まあ、名前に関してはこの人、何も言わなかったんですけど」

「……そういうのは苦手だから」

ポツリと呟いた男性は、恥ずかしいのか指で頬を掻いている。

「何か、特別な意味でもあるんですか？」

訊ねると、女性は一瞬悲しそうな顔をした後、カウンターの上に置いていた手をキュッと握りしめた。

「元々は、友人の夢だったんです。朝食専門のカフェをやりたい——中学生の時、そう言っていた彼女は、そう言ったその後、私と別れてから事故に遭いました。公園で遊んでいた小学生のサッカーボールを取ってあげようとして……」

ガタン！　と、椅子が倒れそうな音を立てて、隼人は立ち上がった。全身が震える。そんなはずない——別の人に決まっている。だが、頭でいくら否定しても、訊ねずにはいられなかった。

「……その……友達の名前は？」

「えっ？　……女の子ですけど、晶です——あの、どうかされましたか？」

二人が、隼人の反応に驚いている。女性が心配そうに、震える隼人の体を椅子に座らせてくれたが答えられない。息が苦しい。震えが止まらない……もう……駄目だ。隼人は堪えきれず、両手で顔を覆って泣き出した。

女の子で晶という名前は初めて聞いた。そうでなくても忘れることなどできなかっただろうが、それでも他の名前より印象が強かったのは確かだろう。

小学五年生の時だった。その日、友達は誰も都合がつかず、隼人は放課後、ランドセルを家に置くと、一人で公園に出かけた。すっかりボロボロになってしまったサッカーボールで、リフティングの練習をしていた時、ボールが公園の外へと転がって行った。ちょうど、中学生の女の子が通りかかったので、隼人は大きな声で、彼女に頼んだ。

「すみませーん。ボール取ってくださーい」

初め、手で受け止めようとした彼女は、汚れている上にボロボロのボールを見て、蹴り返そうとして足を出した。が、ボールはすり抜けて道路へと飛び出してしまった。

「ごめんね」

そう言った彼女はボールを追いかけ、道路に出て行った。そして——車に撥ねられた。

何が起きたのか、理解できなかった。救急車は誰が呼んでくれたのかもわからない。大人達にいろいろと訊かれたが、自分が何と答えたのか、今となっては何も憶えていなかった。それでも、目の前で彼女が撥ねられた光景だけは、未だに鮮明に憶えている。

ボールはすぐに処分した。小学校に上がったばかりの頃に亡くなった祖父が、幼稚園の時に買ってくれたもので、本当はとても大切にしていた。だからボロボロでも使い続けていたのだが、苦しくて、持っていることなどできなかった。それ以来大好きだったサッカーは、見ることさえできなくなった。

免許を取らないのもそのためだ。事故以来当分の間は、車に乗ることすら怖かった。今では乗ることは克服したが、免許を取ることは怖く、だから取らなくても生活に困らないような場所に住むことを選んだ。

心を閉ざし、食が細くなったのも、この事故がきっかけだ。周りにどれだけ「あれは事故だった」と言われても、隼人は自責の念に駆られ続けた。どうして自分でボールを取りに行かなかった？　どうしてもっと、普段からボールをきれいにしておかなかった？　そもそも、サッカーなんてやりに行かなければよかった……後悔が次々と押し寄せ、頭がおかしくなりそうなほど苦痛な日々が続いた。

自分のせいで人が亡くなった——その想いは鎖となって、二十四歳になった今でも、隼人の心を捉えて離さない。いや、隼人自身がその鎖を解こうとしていないのだ。楽になってはいけない。自分のせいであの人は死んだのだから、生きている自分は苦しまなければいけない。

「それは違いますよ」

隼人が泣きながら、抱えていた想いを吐き出した後、女性が優しく言った。

「違う？　あっ……すみません。まだ営業中なのに……俺……」

我に返り、しゃくり上げながら慌てる隼人の前に、コーヒーの入ったカップが差し出された。

「もうすぐ閉店の時間ですから、少し早いですけど閉めてあります。大丈夫ですから、飲んで落ち着いてください」

男性がそう言って、ぎこちないながらも笑顔を見せた。

「……すみません」

とにかく落ち着かなければと、隼人はカップを手に取った。手が震えているのでこぼさないよう、片方の手も添えて、両手で包むようにして持つ。掌に伝わるその温かさで、少しだけ、気持ちが落ち着いた。湯気の立つコーヒーをゆっくりと一口啜ると、すっきりとした苦みが口の中に広がる。

「あの、違うってどういうことですか？」

何口か飲んで、なんとか動揺を抑えた隼人が女性に訊ねると、彼女は優しい笑みを浮かべて言った。

「晶は、あなたのせいで亡くなったのではありませんし、あなたが苦しみながら生きていかなければならない必要はないんです。たとえ、きっかけがあなたのボールだったとしても、事故に遭ったのは、飛び出してしまった晶自身の不注意です」

「そんな……」

あれは事故だった——それは当時、両親はもちろん、警察や担任など、たくさんの大人達に言われてきたが、原因が自分なのに「事故だった」で片づけられるはずがない。それなのに、あの人の不注意だったなんてそんなこと、とても思えるわけがなかった。

「正直に言えば、当時は私もどうしてボールなんかって、思いました。その小学生が悪いわけではないとわかっていても、その子がボールを公園の外へやらなければ——と」

そうだ。そう思われて当然なのだ。

「だけど、よく考えたら違うなって」

違う？　どうして？

「事故の理由は聞きました。道路に飛び出したボールを晶が追いかけた——なんて、飛び出した晶の不注意でしょう？　小さな子どもじゃないんだから、そこは晶が悪いです」

「で、でも……」

「そうはいっても、あなたの中では、そんな風には割り切れないですよね。事故だったなんてこと、きっと、何度も言われてきたと思いますし。それでも、あなたが苦しみ続けることは、あなたにとってはもちろん、晶のためにもなりません。だからどうか、自分を責め続けないでください」

そう言った女性は、今度は真剣な顔つきをしていた。

「晶はきっと、自分の不注意だったことをわかっている。だから、あなたのことを恨んだりしていません。むしろ、あなたが今も苦しんでいることのほうが辛いはずです。晶をゆっくり休ませてあげるためにも、あなたはあなたの人生を、きちんと生きてください」

もし、自分が苦しみ続けることが本当に彼女を悲しませているなら、自分はずっと、彼女を苦しめていたことになる。自分が幸せになることで、彼女を楽にさせてあげられるなら、そうするべきなのだろうが、そう簡単に気持ちを切り替えることなどできない。

「俺……どうしたら……きちんとすることがあの人のためだとしても、どうすればそれができるのかわからないです。俺は、あの人の夢まで奪ったのに」

この店は、本当は彼女の夢だった。それを聞いた今は、ますます自分を責める気持ちが強くなってしまっていた。

「確かに、晶が夢を叶えることはできなかったけど、あの子の夢は私が継ぎました。私には、何もありませんでした。将来の夢や目標なんて何もないまま大学を卒業して、小さな会社で事務の仕事をしていた頃に、彼と出会ったんです。当時通っていたカフェで働いていた彼と付き合うようになり、いつか自分の店を出すのが夢だと聞いた時、晶が最後に言っていた『夢』を思い出した私は、結婚が決まると頼みました。『いつか店を開く時がきたら、朝食専門の店にしてほしい』と」

「……それで良かったんですか？」

店を開きたいという夢があったのなら、どんな店にしたいか、自分の理想だってあっただろう。それなのに、いくら婚約者の頼みだからといって、聞き入れてよかったのか。

「朝食という形ではありませんでしたが、自分のやりたかった理想は『元気になってもらえるような店』でした。落ち着いた空間でゆっくりとくつろいでもらって、おいしい料理で心と体を元気にしたい――それが、自分のやりたいことでしたので、朝食専門であっても問題はありません」

男性が言うと、女性がありがとうと言うように微笑んだ。そして、隼人の方に向き直って言った。

「晶の夢もそうです。『その人の、一日の元気と活力になるような朝ご飯を作ってあげられるお店がやりたい』――最初で最後に聞いた晶の、その夢を叶えてあげたい。それが、何もなかった私の夢になりました。今も、これから先もずっと」

そう言って、笑う女性の笑顔が眩しくて、隼人はまた、涙が溢れそうになった。こんな風に言ってもらえたことが嬉しかった。事故のことを、誰もあの人の不注意だったなんて言わなかった。「隼人のせいじゃない。あれは事故だった」と、そればかりだった。

大切な友達を亡くして辛かっただろうこの人が、事故は、その友達の不注意のせいだと言っている。それがすごく……救われた。心の中でどれだけ自分のせいだと責めてはいても、本当は、誰かにそうではないと言ってほしかったのだと気づかされた。

あの日、隼人は見ていた。ボールを追いかけて彼女が道路に飛び出した時、すでに車は向かってきていた。静かに走る車だったから気づかなかったのだろうが、いきなり飛び出したりしなければ、あんなことにはならなかった。車に気づいた隼人が危ないと叫んだ時には、すでに手遅れだった。

自分のせいだと思いながらも、心のどこかで「自分のせいではない」と叫んでいる自分がいた。けれど、そんな風に思ってはいけないと、ずっと、自分を責め続けてきた。

彼女の――晶さんの友達は、自分が欲しかった言葉をくれた。恨んだ時もあったと正直に言いながらも、事故の本当の理由をわかった上で「あなたのせいじゃない」と言ってくれた。周囲の人に言われてきた表面上だけの言葉じゃない。事実を受け止めた上で彼女はそう言ってくれた。嬉しかった……嬉しくて嬉しくてたまらない。だけど……。

「残酷だな……せっかく居心地の良い場所を見つけたのに、それがあの人の夢の場所だったなんて。どうして俺、この店に出会ったんだろう?」

洒落てはいるが、自分の他にも男性一人の客はいるから、男が一人でも入りにくい店ではない。けれど、普段カフェなど自分は入らない。

「地元を離れて、カフェなんて通うどころか普段は全然入らない。それなのに、たまたま入った店で、あの人の友達に会うなんて」

欲しかった言葉をもらえて嬉しかったのは確かだ。けれど、やはり気持ちは割り切れない。隼人の心には、むしろ「夢が叶わなかった」という事実が重くのしかかっていた。

「きっと、晶が連れてきてくれたのだと思います」

「えっ？」

「事故の時に中学生と小学生なら、私とあなたは、地元が同じですよね？　でも、ここは地元ではありません。お互い、進学や就職で実家を出て、それでも、こうして出会えたのは、晶が導いてくれたのだと思います。晶はあなたに伝えたかったんだと思います。自分の夢が叶ったことや、もう苦しまないでほしいことを」

「夢が叶った？」

「ええ。常連のお客様の中には、うちで朝ご飯を食べると、一日を元気に過ごせると言ってくださる方もいます。一日の元気と活力になる朝ご飯――それが、晶の夢でしたから」

「それに、晶さんの夢は、あなたが叶えてくれたじゃないですか」

男性に言われ、隼人は目を見開いた。

「俺が？」

「初めて来てくださってから、何度も通ってくださっていますが、うちに来るようになってから、あなたの顔色が良くなっています」

確かに、ここ最近、少し体調が良い気がしていた。いつもの、てきとうな食事ばかりでは、胃の中は満たされても、体に力は入らない。それが当たり前だった時はわからなかったけれど、隼人はそのことを、ここで朝食をとるようになってから気がついた。

まだ、この店以外では、あまり食べられない。だから普段はてきとうになってしまうのだが、そんな時と、ここで食べた時では、心と体に湧く活力が違う。具体的に言葉で説明しろと言われても困るのだが、ここで食べた後は満腹以外の何かで、自分が満たされているのがわかるのだ。ほんの少しでも体調に変化があったのは、ここの料理のおかげだと自分でもわかっていた。

「……晶さんが呼んでくれたって、思っていいんでしょうか？」

「私はそう思います」

そう言って、女性はまた笑った。本当にそうなら——これ以上、自分を責め続けていてはいけない。自分を責めたままの隼人を心配し、この場所へと導いてくれたのなら、それに応えなければ、自分はいったい、どれだけ彼女に辛い想いをさせることになるのか。

そんなことしてはいけない。事故の理由は彼女の不注意でも、きっかけを作ったのは自分だ。隼人にできることは、後悔と自責にとらわれたままでいるのではなく、彼女の分もしっかりと生きていくこと。それが、晶さんのために、自分ができる唯一のことだと、隼人は今、ようやく思うことができた。

店を出る時、二人が揃って外まで見送りにきてくれた。

「ありがとうございました。あの……」

隼人はどうしても、一つだけ訊いておきたいことがあった。

「生前の晶さんは、幸せでしたか？」

亡くなった時、彼女は中学生だった。その短すぎる人生は、短いながらも幸せでいてくれていたのか。知るのは怖い気がしたが、どうしても知りたかった。

「ええ。とても幸せそうでしたよ。私は晶と友達になれて嬉しかったたし、一緒に過ごせた日々は本当に楽しかったです」

答えた女性の笑顔は、本当に楽しそうだった。隼人は、内心で安堵の息をついた。これからもっと幸せで、楽しい毎日が待っていたはずの未来を奪ってしまったことは、やはり心苦しかった。けれど、彼女の人生が短くても幸せだったと知れたことで、ほんの少し救われた気持ちになった。良かった……彼女が辛いまま亡くなったわけではなくて。

「晶は私に、たくさんのことを残してくれました。それは何気ない日常で、もう遠くなって思い出せなくても『楽しかった』という気持ちだけはしっかりと残っている。会えないことは寂しいけれど、思い出が消えたわけではありません。それに、晶が残した『夢』はいつの間にか私の夢になり、おかげで、私は自分の人生に夢を持てたんです。たくさんの人の朝に『一日の元気と活力』を——難しいけれど、やりがいがあります。その『活力』は、後に残す『何か』に繫がるかもしれません。晶の夢は、きっといろいろなところに繫がっていくはずです」

「後に残す何か？」

「お仕事を頑張る力やリフレッシュなど、ここでの食事が次の時間への活力になれば、それがまた、どこかで何かを残すことになると私は思っています。晶が思い描いていた夢もそういうことだったんだろうなと」

次の時間への活力——気づいていなかったけれど、自分がここに通うのは、それを求めていたからかもしれない。おいしいのはもちろんだが、ここの料理には、それ以外の何かがある。ここで食べた後は、淡々とこなすだけだった仕事に対する意欲が変わるのだ。そうやって、頑張った仕事は会社のために、社会のために役に立っている。「どこかで何かを残す」とは、そういうことかもしれない。

「世の中は『何かを残す』ことで回っています。名前や作品。功績だけでなく、ごく普通の日常生活の中で、人は何かを残します。この世に生まれて、何も残せない人なんていません。晶さんが彼女に残したように、私達も自分では気づかないうちに、いろいろなことを世の中に残しているのでしょう」

そう言って、男性が小さく笑った。無骨な印象を与える顔立ちではあるが、笑うと優しい顔をする。

「あ、そういえば、店の名前は晶さんとどう関係が？」

そもそも、最初はそれを訊いただけだったのだが、話が思わぬ方へと転がってしまい忘れていた。

「晶の名前、日が三つの晶なんですけど、意味の一つが『明るく輝くさま』なんです。あの子ができなかった店に、せめて名前だけでもと思ったのと、そうすれば、一緒にやれているような気もするかなと」

「そうだったんですね」

晶さんがどんな人だったのか、隼人は知らない。それでも、自分の名前からつけられた店名を、彼女はきっと喜んだだろうと思う。

「あの、今更ではありますが、私は梨花と言います。神崎梨花。こっちは、旦那の神崎哲也です」

梨花、そして哲也が揃って頭を下げる。

「坂口隼人です」

隼人も会釈を返すと、梨花は言った。

「また、いつでもいらしてください。晶と一緒に待ってますから」

「はい」

もう一度、頭を下げた隼人は、踵を返して歩き出す。心が軽かった。こんなにも気持ちが楽になったのは久しぶりだ。ずっと、心にあった鎖が弛んだのだろう。罪の意識が完全に消えたわけではないし、多分この先も消えることはない。

それでも、その罪悪感を、自分を苦しめることに使うのはもうしない。そんなことをしても、晶さんを苦しませるだけだとわかったから。

これからは、毎日をきちんと生きて、世の中に役に立つことを残そう。自分の人生をいい加減に生きて、それで残せるものが良いものであるはずがない。残した『何か』を自分が知ることはないかもしれないが、そんなことは重要じゃない。

　自分にとって一番大切なのは、晶さんを悲しませない生き方をすることだ。そのためには、自分を大事にして、仕事以外のいい加減だった生活を整え、周囲ともきちんと関わっていく。まずはそこからだ。

「家にも帰ろう」

　実家にはずっと帰っていなかった。電話はあれば受けるが、自分からは一度もしていない。あの事故以来、両親がどれだけ自分を心配してくれていたか、わかってはいたが、それに応えることができなかった。ちょうど、もうすぐお盆休みだ。一度家に帰ろう。そして久しぶりに、両親とゆっくりと話すんだ。

六

窓から見える大きなイチョウの木。きれいに色づいた葉っぱが夕日に照らされ、黄金色に見える。その葉が、風に吹かれてひらひらと落ちていく。秋だなぁ……と、昔はこんな風に思うことはなかったのに、最近は四季の変化に敏感になった。何でもないことだが、これまで片岡茂雄にとって、四季の変化などどうでもいいことだった。

桜が咲いても、木々の緑が濃くなっても、モミジが色づいても枯れ葉が舞っても、そんなことは気にも留めず、おせちや、年越し蕎麦や恵方巻など、季節の行事に関わる食べ物も関係なく過ごしてきた。

五歳の時に母親を亡くし、それからは父と二人だった。父は仕事と家事に追われ、常に忙しそうにしていた。季節の行事なんて気にする余裕がなかったのだろう。こいのぼりや五月人形やクリスマスツリーは、多分あったはずだが、父に言うと「そんな暇はない」と言われたので、母が亡くなってからは飾ってもらえなくなった。

食事はきちんと作ってくれただけでなく、本を読んで食材の選び方や保存法を勉強していたし、洗濯や掃除、アイロンがけも頑張ってくれていた。

けれど父は、器用だったわけではない。仕事と生活を整えることに必死で、いつも忙しそうだった。そんな父に、季節の行事がやりたいなどとは言えず、片岡家にイベントの飾りや食べ物は関係なく、例外だったのは、正月のしめ飾りと鏡餅。それに、祖父母からもらう餅だけだった。

そんな環境で育った茂雄は、気づけばイベントに興味がなくなり、四季の変化もどうでもよくなってしまっていたのだが、最近はちょっとしたことでも、そういった変化に、すぐに目がいくようになっていた。

歩いている人の服装に、木々の葉の色。近くにある幼稚園の花壇に植えられたコスモスなど、窓から見える景色だけなのに、四季はちゃんと感じる。どうでもよかったはずのそれらに、こんなにも敏感になってしまったのは、もう、自分があまり長くないとわかっているからかもしれない。

病名は肺癌――タバコの吸い過ぎが原因だった。症状はかなり進行しており、家族がいないので、このまま、ここで最期を迎えるのだろう。ほとんど病室のベッドの上で過ごしているが、一日に二回は散歩として病院の中を歩いて回り、談話室の窓際の席が空いていれば、座って景色を見ることを日課としていた。ベッドが窓際でないため、ここでゆっくりと外を眺めているのは、少しでも気分転換になる。

「こんにちは。片岡さん」

声をかけられて振り返ると、馴染みの看護師が立っていた。病気がわかってから、すっかり塞ぎ込んでしまっていた茂雄に明るく接してくれる彼女は、どんなに不愛想な態度を取っても、いつも笑顔だった。その明るさと優しさに、茂雄もいつしか心を開き、散歩も彼女の勧めで出るようになったのだ。

「散歩、続いているみたいですね」

「ああ。やっぱり、歩くと少しは気分転換になるね」

「良かったです。でも、だいぶ涼しくなってきましたから、風邪ひかないようにしてくださいね」

「寺橋さんも」

「ありがとうございます。では、また」

笑顔で戻って行く彼女の背中を見送りながら、茂雄はため息をつく。彼女と話すのは落ち着く半面、心の奥で残してきたものが疼くのを感じる。

「あいつら、元気でやってるかな……」

茂雄には三人の子どもがいる。一人は息子で二人は女の子。正確には、息子は前妻との子で、娘達は後妻との間にできた子達だ。

高校を卒業後、小さな町工場に就職し、十九歳の時に、四つ上の彼女に子どもができたこともあり結婚。茂雄は翌年、二十歳で父親になった。

前妻は、茂雄が家事や育児を手伝わないことをよく責めた。だが、茂雄はそんなものは自分のやることではないと聞き耳を持たず、ゴミ出しの一つも手伝わなかった。

家事ができないわけではない。むしろ得意だった。小学校三年生に上がった頃から、茂雄は家の中のことを、できる範囲で手伝うようにしていた。父からは「子どもの仕事は勉強と遊びだ」と言われ、無理をしなくていいと言われたが、仕事と家事でいつも忙しそうにしている父を見ていると、やらなければいけないという気持ちになり、掃除も洗濯も、料理も少しずつ覚え、食材の選び方なども父の本で勉強した。

けれど、本当はやりたくなかった。面倒だったというのもあるし、放課後、友達に遊びに誘われても「洗濯物を入れないといけないから」という理由で早く帰らなければいけないのが嫌だった。中学に上がると、食料品や日用品の買い物に行くようになったが、ダイコンやネギのはみ出た袋や、ティッシュやトイレットペーパーをぶら下げている姿を同級生に見られた時は恥ずかしかった。

だから結婚した時、茂雄は、これで家事から解放されたと思った。自分が家事を手伝わなければいけなかったのは、母が亡くなったためだ。母がいたら、こんなことにはならなかった。亡くなったことを恨んでいるわけではない。ほとんど記憶にないが、可愛がってくれていたことはなんとなく憶えているし、訳がわからないなりに、もう会えないとわかった時は悲しくて泣いたことも憶えている。

それでもやっぱり、母が生きていたらこんな想いはしなかっただろうという気持ちが心の中にずっとあった。だからこそ、当時の茂雄には、妻がいるのにどうして自分が家事をやらなければいけないのだという気持ちがあった。育児にしても、母がいなかったから父が自分の世話をしてくれただけで、母親がいるなら母親がやるのが当たり前だと思っていた。

おむつを替えるのも、風呂に入れるのも、着替えをさせるのも、そんなことは母親の役目であり、自分の仕事ではない——と。

そのことで前妻は何度も怒り、よく喧嘩した。次第にストレスがたまり、会社の先輩が吸っていたタバコを一本もらったことをきっかけに、茂雄は頻繁に吸うようになった。そしてそれが、離婚の原因になった。

まだ、一歳にもなっていなかった息子の前で吸った時、前妻は家事や育児を手伝わないこと以上に怒った。自分には、それの何がいけないのかわからなかった。というのも、数は少なかったが、父も子どもだった茂雄の前でタバコを吸っていたからだ。今から思えばあの頃の父は、毎日がひどく疲れていて、子どもの前だからと気遣う余裕がなかったのかもしれない。茂雄の手伝えることが増えて、負担が少し減ってくると、父は自分の前で吸わなくなっていた。

気づいたのは、入院して昔のことを思い出すようになってから。あの頃の茂雄は、子どもの前で吸わないようにすることなど考えもせず、子どもの体を気遣うよう責める前妻と何度も喧嘩になり、結果、離婚になった。

自分は悪くないと思っていたから、二年後に再婚し、双子の姉妹が生まれた時も、茂雄は同じことをした。家事や育児を一切手伝わず、子どもの前でも平気でタバコを吸い、またも離婚に至った時、自分の何がいけなかったのかわからず、自分が悪いとも思わなかったが、それでも二度も同じ理由で離婚になったため、自分は結婚には向かないのだと、それからは一人で暮らしてきた。

父は、茂雄が高校を卒業し、実家を出て就職した三ヶ月後、出勤途中にトラックとの接触事故で亡くなった。もし、父が生きていてくれたなら、自分の間違いを叱り、教えてくれただろうか？　この頃、茂雄はそんな風によく考える。それはおそらく、彼と出会ったからだろう。


「おじさん、こんにちは」

病室に戻る前に、飲み物を買おうと自販機の前で財布を出していると、下の方から声をかけられた。

「やあ、拓真君」

見下ろすと、青いパジャマを着た小さな男の子が立っていた。折原拓真。七歳で、物心つくまえから入退院を繰り返し、この小さな体で、手術をすでに三回も経験しているそうだ。無邪気で愛らしい笑顔を見せる姿からは想像もできず、聞いた時はとても驚いた。

出会いは入院して間もない頃。今と同じように、茂雄は飲み物を買いに行くために廊下を歩いていた。途中、小児病棟の近くを通った時、苦しそうに座り込んでいる男の子を見かけ、慌てて駆け寄り、大声で人を呼んだ。

その後、元気になった拓真と母親が、お礼を言いに病室まで足を運んでくれたことをきっかけに、少しずつ話すようになった。今では互いの病室へと顔を出したり、廊下で会えば話をする仲である。

拓真と話すことは楽しく、彼の存在が自分の中で特別になっていくのを感じる中で、茂雄は昔、大事にしてこなかった自分の子ども達のことを思い出すようになった。

今、どこで何をしているのかもわからないが、生きていれば、三人とも寺橋と同じ年頃だろう。彼女の年齢を知らないので、あくまで見た目のイメージだが、息子は少し上、娘達は少し下くらいのはずだ。

「ジュース買いにきたの？」

「ああ。散歩の帰りについでだけどね。何か飲むか？」

「いいの？　ありがとう」

本当は病室に持って帰るつもりだったが、せっかくなので、拓真と二人で近くの椅子に座って飲む。茂雄はお茶で、拓真はリンゴジュース。小さいサイズだが、拓真が持つと少し大きく見える。平均的な小学一年生の身長や体重は知らないが、拓真は、平均より確実に小さく軽いだろう。自分もすっかり痩せてしまったが、幼い拓真の細い腕は、あまりにも頼りなくて、見ていると不安になる。この腕が、いつかたくましく、立派な腕になる時がくるのだろうか……。

「おじさん、体調はどう？」

「ああ、悪くないよ。拓真君は？」

「僕も元気だよ！」

茂雄の不安な気持ちも和らげてくれるような、明るい笑顔で拓真は言った。

「そうだ。ねえ、おじさん。『パンダ道場』って漫画知ってる？」

「いや、知らないな。面白いのか？」

「最近流行ってるんだって。お母さんが買ってきてくれたんだけど、おもしろいよ」

内容は、パンダが二本足で歩いて言葉を喋り、普通に人間社会で生活しているらしく、仕事は道場で、故郷である中国のカンフーを教えているらしい。だが、そこに通う生徒は何故かクセのある人間が多く、パンダはカンフーを教えながら、彼らの性根を叩き直していく。そのセリフの掛け合いが面白く、時にカッコいい。また、普段はゆるりとした性格であるパンダのとぼけた表情や仕草が可愛いなど、大人でもハマる人が増えているらしい。

「今度貸してあげるから、読んでみてよ」

拙い説明でも、しっかり内容がわかるほど喋った後、拓真は楽しそうに言った。正直、茂雄の好きなタイプではなかったが、拓真が好きなら読んでみたいと思えた。

「ありがとう。そろそろ戻ろうか。もうすぐお母さんが来る時間だろ？」

「うん。ジュースありがとう。またね」

バイバイと手を振って行く拓真を見送りながら、茂雄はため息をついた。拓真が、好きな漫画の話をしてくれたのはこれが初めてではなかった。あの、楽しそうな顔を見ているといつも思う。自分の子ども達も、彼のように漫画が好きだったのだろうか？　拓真との時間を大切に思えば思うほど、後悔が募っていく。何故、自分はもっと育児に協力しなかったのか？　子どもの前でタバコを吸うなと言った彼女達の気持ちが、今ならはっきりとわかる。

幼い体で三度の手術に耐え、辛い治療を続ける拓真の姿を目にし、自分のせいであの子達の体に何かしらの害を与えていたらと思うと、激しい後悔に襲われた。

結婚に向かなかったなんて、ただの言い訳だ。家事を手伝わなかったのも、育児に協力しなかったことも、子どもの前でタバコを吸ったことも、全部自分が悪かっただけだ。

「父さん……やっぱり逝くの早すぎたよ」

窓から空を見上げ、小さく呟く。実家を出て社会に出て、けれど自分は、自分のことしか考えない子どもだった。もっといろいろ教えてほしかった。間違えたら叱ってほしかった。きっとこんなことを言えば、父は「人を当てにするな」と言うのだろう。

思春期には何度も反抗したけれど、父から教えられたことはたくさんある。もっともっと、たくさん教えてほしかった。

過去は変えられない。三人の子ども達は、もう大人になっている。もし会うことできても、自分があの子達にしてあげられることは何もない。だからせめて祈ろう。元気で、幸せに生きていてくれることを。自分が子ども達にしてあげられることは、もうそれだけだから――。

その後、拓真との約束が果たされることは永遠になくなった。またねと元気に笑っていた拓真は、その夜に容体が急変し、そのまま逝ってしまったからだ。毎日会っていたわけではないので、数日会わなくても、特に気にしていなかった。拓真の母親は、自分で挨拶に行くまで黙っていてほしいと病院側に頼んでいたらしく、茂雄がそのことを知ったのは葬儀も終わった後だった。

挨拶に来てくれた母親は、報告が遅れたことを詫びたが、茂雄は、それはしかたないと言った。子どもを亡くし、悲しみに暮れる中で通夜や葬儀もあった。病院でちょっと仲良くしていただけの他人への報告など、余裕がなかったのは当然のことだ。

彼女を見送った後、茂雄はベッドから下り病室を出た。目的はない。ただ、一人になりたかっただけだ。カーテンをしていても、病室には他の患者もいる。彼らの側で泣きたくない。談話室はいつも誰かいる。どこに行こう？　どこなら一人になれる？　考えながら歩いて辿り着いたのは、中庭だった。今日は少し風もあるせいか、周囲には誰もいなかった。ここなら、しばらく一人になれる。

ベンチに座り、空を見上げた。よく晴れた気持ちの良い空を、雲が風に流れていく。面白くもなんともないと思っていた空だが、拓真は空が好きだった。

「いつ見ても、いろんな空があるよね」

そう言って、病室でも、廊下の窓からでもいろいろな所から空を見上げていた。空なんて見ていてもつまらない……そう思っていたのに、拓真に言われると、面白く見えた。一人でいる時も、気づくと雲を見ながら「あれはウサギに見えないか」などと考えてしまっている自分がいた。拓真はいつも、自分を楽しませてくれた。無邪気な笑顔で、一人でもよく喋っていた。とても、死の影が迫っているなんて思えないほど元気だったのに……。

「……どうして」

どうしてあの子が死ななければならなかったんだ？　たった七年——それだけしか生きていない。人生なんて、本当にこれからじゃないか！

「風邪ひきますよ」

声に反応して顔を上げると、目の前に寺橋が立っていた。手にしていたお茶のペットボトルを差し出され、反射的に受け取る。温かさが、冷えた両手にじんわりと沁みた。

「何でここに？」

涙を拭いながら訊くと、寺橋は隣に座りながら言った。

「休憩です。今日は寒いけど、私、ここが好きなんですよ」

中庭といっても、花が植えられているわけでもなく、殺風景なこの場所の何が好きなのかわからないが、そう言って笑った彼女は、さっき茂雄がしたように空を見上げた。

「拓真君、幸せだったと思いますよ」

「えっ？」

「小児科にいる同期から聞きました。元々明るい子ではあったそうですけど、あなたと話すようになってからは、ますます元気になったそうです」

「……だとしても、あの子はたった七歳で死んだんだ。学校だって、また行けるようになることを信じていたのに」

「もちろん病気になったことや、こんなに早く亡くなったことは残念です。でも、それは拓真君の人生の一部です。たった七年――そのほとんどを、あの子は病院で過ごしてきたけれど、いつも笑っていたと、同期の彼女は話してくれました。辛い治療や薬に泣くこともあったけど、どんなに苦しい時でも、拓真君は未来の話をしていたと、先輩達も話してくれました。どうしてだと思います？」

「どうしてって言われても……」

茂雄自身、自分がもう長くないだろうとわかっている。明日や来週のことは考えられても、一年後のことなんて、もう考えられなくなっていた。拓真がいつも未来の話をしていたのはわかっているが、幼さ故に、自分が死ぬことなど考えつかないのかもしれないと思っていた。

だが、拓真は物心がつくまえから入退院を繰り返している。病気のことをどこまで理解していたのか知らないが、幼いなりに、死が近いのではと考えることはあったかもしれない。でも、それなら何故、あんなに元気でいられたのだろう？

「想像ですが、あの子はきっと、ただ、生きていることが嬉しかったんだと思います」

そう言って、寺橋は再び空を仰いだ。

「病気でも、入院していても、生きていることが楽しかった。嬉しかったから、必ず元気になることを信じて、未来をみていたんだろうなって。拓真君が他の子ども達と楽しそうにお喋りしたり、年上の子から勉強を教えてもらったり、去年のクリスマス、一時退院の許可が下りて、家で過ごした後も、クリスマスプレゼントの玩具を医師や看護師達に見せて回ったりと、そういう姿を小児科の同期や先輩達は、ずっと見てきたそうです。みんな『拓真君は毎日楽しそうだった』と言っています。だから、あの子はきっと、幸せだったはずです。病気で苦しい想いもしたし、我慢もたくさんしました。せっかく入学した小学校もほとんど通えないまま、七年という短い人生だったけど、毎日笑って生きていたあの子は、絶対に、自分を不幸だなんて思っていません」

空を見上げたままそう言う彼女の目から涙が一筋、零れ落ちた。何故だ？　もちろん悲しいことではあるが、小児科でない寺橋は拓真と特別関わりはなかっただろうし、看護師という立場である以上、新人でもない彼女が、こういったことで泣くだろうか？

「『笑って、元気に過ごせていたんだ。いろいろ悩みとかはあったかもしれないけど、その子はきっと、不幸じゃなかった』――昔、そう兄に言われたんです」

料金受取人払郵便

新宿局承認

7552

差出有効期間
2024年1月
31日まで

（切手不要）

郵便はがき

1 6 0-8 7 9 1

1 4 1

東京都新宿区新宿1－10－1

(株)文芸社

愛読者カード係 行

ふりがな お名前		明治 大正 昭和 平成	年生　歳
ふりがな ご住所	□□□-□□□□		性別 男・女
お電話 番　号	（書籍ご注文の際に必要です）	ご職業	
E-mail			
ご購読雑誌（複数可）		ご購読新聞	新聞

最近読んでおもしろかった本や今後、とりあげてほしいテーマをお教えください。

ご自分の研究成果や経験、お考え等を出版してみたいというお気持ちはありますか。

ある　ない　内容・テーマ（　　　　　　　　）

現在完成した作品をお持ちですか。

ある　ない　ジャンル・原稿量（　　　　　　　　）

書　名			
お買上 書　店	都道　　　市区 府県　　　郡	書店名	書店
		ご購入日	年　月　日

本書をどこでお知りになりましたか?

1.書店店頭　2.知人にすすめられて　3.インターネット(サイト名　　　)

4.DMハガキ　5.広告、記事を見て(新聞、雑誌名　　　)

上の質問に関連して、ご購入の決め手となったのは?

1.タイトル　2.著者　3.内容　4.カバーデザイン　5.帯

その他ご自由にお書きください。

(　　　)

本書についてのご意見、ご感想をお聞かせください。

①内容について

②カバー、タイトル、帯について

弊社Webサイトからもご意見、ご感想をお寄せいただけます。

ご協力ありがとうございました。

※お寄せいただいたご意見、ご感想は新聞広告等で匿名にて使わせていただくことがあります。

※お客様の個人情報は、小社からの連絡のみに使用します。社外に提供することは一切ありません。

あれこれ考えていると、寺橋はそう言って茂雄の方を見た。

「えっ？」

「中学二年生の時にクラスメイトが事故で亡くなって、私、突然のことに、そのことで努力することが虚しいと思うようになってしまったんです。たくさん努力しても、報われないまま死ぬなら、てきとうに生きたほうが未練残さなくてもいい気がする――そんな風に考えて、抜け殻みたいにぼんやりしていた私に、兄がそう言ってくれたんです。兄は『たとえ短い時間でも、人が生きた時間は必ず何かを残すと思う』とも言ってくれました。拓真君は、私達にたくさんのことを残してくれました。あの子のおかげでよく笑うようになった子も、治療を頑張ってくれるようになった子もいるそうですし、私達スタッフも、あの子から教えられたことがたくさんあります」

そうか――そんなに早くに友人を……中学二年生なら、十三歳か四歳。七歳よりは長くても、早すぎることに変わりない。でも、だからといって不幸だと決めつけるのは、確かにその子に失礼だろう。

思春期だし、彼女の兄の言う通り悩みはあったかもしれない。でも、元気に過ごせていたなら、短くてもきっと幸せな人生だったはずだ。ああ、そうか――だから、寺橋は拓真が幸せだったたと言ったのか。

「良いお兄さんだな。今も、仲が良いんだろう？」

何気なく口にした言葉に、寺橋は寂しそうな笑みを浮かべた。

「生きていればそうでしょうね」

「えっ？」

「兄は高校三年の時に、病気で亡くなりました。最初は風邪だと思っていたので、気づくのが遅れたんです……症状が進んで、すぐに入院したんですけど、その後悪化して……ここは、兄が最後に過ごした場所なんです」

　ということは、彼はこの病院で亡くなったのか。

「兄が入院した時、私は毎日病院に通いました。兄の前では泣かないようにしていましたが、帰りによくここで泣いていたんです。私が抜け殻みたいになっていなければ、体調が悪いことを、兄はすぐに伝えていたかもしれない。あるいは、両親が気づいていたかもしれない――と、後悔して泣いていた時、顔見知りになっていた看護師さんがとても良くしてくれたんです。兄が亡くなった直後も、私のことを本当に心配してくれて、寄り添ってくれたその人を見ながら私は、その時『この人みたいになりたい』と思ったんです。看護師として、患者さんを救う手助けをするのはもちろん、そのご家族の心にも寄り添えるようになりたいと――実際は、なかなか難しいんですけどね」

　何度も上を見上げる仕草は、亡くなった兄を想っていたからなのかもしれない。あの涙や表情も、きっと若くして亡くなった友人や兄を思い出していたのだろう。

「今、できているじゃないか。俺は拓真君の家族じゃないが、あの子を亡くして苦しかった俺に、寺橋さんは寄り添ってくれた」

そう言うと、彼女は嬉しそうに笑った。

「人が生きた時間は必ず何かを残す——か。俺はどうだろうな？　二度も家庭を壊して夫らしいことも、父親らしいこともしてこなかったし、仕事は小さな町工場で小さな部品を作ってきただけ。趣味や特技もない地味な人生だ。こんな俺でも何かを残せたのか——この先、何かを残せるのか……」

「拓真君、お父さんいないらしいんです」

「そうなのか？」

言われてみれば、母親にしか会ったことがなく、さっき挨拶にきたのも母親だけだ。

「私は詳しくは知りませんが、とにかく母子家庭らしくて、だから、片岡さんはあの子にとって、お父さんみたいだったんだと思います。あなたの存在は、拓真君にとって、大きかったはずです。それにお仕事だって、立派じゃないですか。小さな部品を作るのは地味に思えるかもしれませんが、とても重要なお仕事です。どんなに小さなものでも、それが一つなければ動きません。片岡さんは立派なお仕事を続けてこられたんです。誇りに思ってください」

そう言って、寺橋は小さくガッツポーズを作った。

「ありがとう」

もし、本当に拓真が自分のことを父親のように思ってくれていたなら——実子である息子や娘達は、自分達をないがしろにして他人の子を大事にしたことを怒るかもしれない。

けれど拓真にとって、自分の存在が少しでも救いになっていたなら、それは嬉しいことだし、意味のあることだったはずだ。

仕事にしても、特にやりたいことだったわけではなく、受けたところが全部落ちて、結局知人の紹介で入った会社だったが、人間関係に恵まれたおかげで、病気で退職するまで続けてくることができた。

毎日ひたすら同じことの繰り返しで、ちっぽけな部品を作り続けることに対して、つまらないと思うこともあったし、大きな会社に就職したり、自分で店を持ったりしている友人達と比べて卑屈になることもあった。たまに会って話すと、彼らは「大変だ」と口にしながらも楽しそうで羨ましかった。

でも、そうか——俺の仕事はちゃんと、立派な仕事だと思ってもらえるのか。誇りに思っていい仕事なんだな。

「ありがとう。いろいろ楽になったよ」

「良かったです。じゃあ、私そろそろ戻らないと」

「あ、悪かったね。休憩にならなかった。それにお茶も取ってしまって……」

冷めてしまったペットボトルを見ながら言うと、寺橋は立ち上がりながら言った。

「いえ、私の方こそ。片岡さんにとって、今の私が、あの時の看護師さんみたいになれていたなら嬉しいです。兄も、きっと喜んでくれていると思います」

と、寺橋は、何かを思い出したような顔をする。

「ああ、そういえば――兄の友人で、就職で実家を出るまで、毎年誕生日と命日には仏壇にお参りにきてくれていた友人がいるんですけど、その人、大学でも友人を亡くされているんです」

「はあ……」

いきなり何の話だと戸惑ったが、彼女はかまわず話を続ける。

「兄も、同じ大学を受験する予定だったからもしかしたら、三人で仲良くしていたかもしれない――と、よくその方のお話もされるんですけど、その友人も母子家庭だったみたいなんです。物心つく前に離婚されたそうで、父親の顔を知らず、お母様からは思いやりのない人だと聞いていたみたいなんですけど」

自分の昔を思い出し、心の奥がズキリと痛んだ。

「その友人の方は、お父様に感謝していたそうです」

「えっ？」

「お母様の話だけで判断するなら、父親としてはダメな人だったかもしれません。でもお父様がいたから、ご自分が生まれてきた。今の自分がいるのは、父親が母親と出会ってくれた――一時でも一緒になってくれたからだと。そのことはとても感謝していると、その方は言っていたそうです。だから、片岡さんのお子さんも、そう思ってくれているかもしれませんよ」

「そう……だろうか？」

「絶対——とは言えないですけど、あなたがいたから、お子さんはこの世に生まれてきました。それは確かです。今、どこでどうしているかわからなくても、きっと、この世界に何かを残しています。私の子どもも、生まれてきたら——」

そう言って、寺橋は自分のお腹を撫でた。

「子ども？」

「先週わかったんですよ」

照れたような笑みを浮かべながら、彼女は言った。入院した時にはもう、彼女は結婚していたが、そうか——母親になるのか。

「おめでとう」

「ありがとうございます」

「じゃあ、君こそ風邪をひいたら大変だ。早く戻ろう」

立ち上がり、寺橋を促して茂雄は歩き出した。感謝している——か。息子や娘達は、彼女の兄の友人のように、そんなことを思ってなどくれないだろう。だが、それでもかまわない。生まれてきたことを幸せに思ってくれているなら、自分はそれで幸せだ。

どこでどうしているかはわからないが、あの子達もきっと、この世界に何かを残しているのだろう。もし……もしも、短い人生になったとしても、彼女の兄の言うとおり、人が生きた時間は必ず何かを残す。そこには決して、長いも短いもない。

拓真は、たった七年という短い生涯だったが、たくさんのものを残した。自分は拓真のおかげで笑うことが増えたし、過去の過ちにも気づくことができた。関わった時間は短くても、拓真が残してくれたものはいくつもある。だからきっと、あの子達もそれぞれの人生で、「何か」を残しているのだろう。

「寺橋さん」

室内に入り、一旦別れたところで、茂雄は彼女を呼び止めた。

「俺、治療頑張るから」

病状は確実に進んでいる。もう、長くはないとわかっている。けれど、一日でも長く生きたい。未来に希望なんてないと思っていたが、こんな自分でも、残せる「何か」はまだあるかもしれない。

俺は生きる――残したものが、自分でわからなくてもかまわない。自分の存在が、誰かにとって意味のあることになるなら、少しでも長く生きていたい。

「一緒に頑張りましょう」

そう言って、優しく笑う寺橋に、茂雄は力強く頷いた。

七

アパートの前の桜も、そろそろ終わる。満開になったと思ったら、すぐに散り始めてしまう。桜の見頃はあっという間だ。

小学校の入学前、あの桜の前で写真を撮った。あの子と同じようにランドセルが大きく見えていた同級生達は、一年経って、体に馴染んできているだろう。ピカピカだったランドセルにも、少しずつ傷や汚れがついていくはずだ。でも、あの子のランドセルは、新品同様のまま変わらない。ランドセルを側に置いた仏壇の中、無邪気で明るい笑顔の拓真の遺影を見ながら、折原紗耶香は呟いた。

「もっと背負いたかったよね……」

拓真は、生まれつき体が弱かった。医者からは長く生きられないことを覚悟した方がいいと言われたが、紗耶香も夫も、その言葉を信じなかった。もちろん、心の内では大きなショックを受けていたが、泣いても拓真の病気が治るわけではない。それよりも、少しでも長く生きられるよう、できる限りのことをしてあげようと二人で誓った。

しかし、その夫も拓真が三歳の時に事故で亡くなった。辛く悲しかったが、拓真のためにも泣いてばかりはいられなかった。

結婚前から働いていた会社を辞めずにいたので、幸い仕事はあったし、夫が残してくれたお金もあったが、家賃を節約するためマンションから今のアパートへと引っ越した。ほとんど一人だったし、拓真が帰ってきても、二人ならアパートでじゅうぶんだからだ。

お金はなんとかなったが、夫と協力していたことを、すべて一人でやらなければいけなくなったのは大変だった。だが何より、拓真が苦しんでいる時、このまま逝ってしまうのではないかという恐怖に襲われる中を、一人で耐えるのは本当に辛かった。

これまで二人で励まし合い、支え合ってきたというのに、もうその相手がいない。何度も折れそうになったが、一番辛い拓真が頑張っているのに、自分が折れている場合ではないと、必死で恐怖と闘った。

「ごめんね……元気な体に産んであげられなくて」

紗耶香がそう言うと、拓真は自分が苦しんだ後でも、にっこり笑って言ってくれた。

「僕、元気だよ」

本当に、拓真は元気だった。明るくて、お喋りで、前向きでよく笑う。赤ちゃんの頃から人見知りをしない子で、病院でも、誰とでも仲良くできる子だった。

紗耶香ですら、病気のことを忘れてしまいそうになるほど元気な子だったのに、拓真は八歳になる少し前に、あっけなく逝ってしまった。去年の秋、体調が落ち着いている日が続いていて、拓真は毎日元気だった。容体の急変はあまりにも突然で、紗耶香の頭はその変化が理解できず、その突然すぎる出来事に脳内はパニック状態だった。

そんな紗耶香を落ち着かせたのは、拓真の最期の言葉だった。

「お母さん……ありがとう」

拓真がゆっくりと目を開けた時、紗耶香は一瞬喜んだ。だが、目が合った拓真はかすれた声でそう言った。それを聞いた紗耶香は悟った。拓真はもう、死を覚悟しているのだと――。

拓真は、どんな時でも、自分が生きることを考えていた。どんなに治療が辛くても、苦しくても、必ず元気になることを信じ、未来の話を口にしていた。そんな拓真が、初めて死を覚悟したようなことを言ったのだ。

紗耶香は、その言葉で覚悟を決めた。息子の小さな手を両手で握りしめ、精一杯の笑顔を作ると、力なく自分を見つめるその目をしっかりと見て言った。

「拓真……よく頑張ったね」

拓真の口が小さく笑った。良かった……笑ってくれた。それに応えるため、紗耶香も精一杯の笑顔を作る――その直後、拓真の目がゆっくりと閉じられていった。紗耶香は、拓真の手を握る両手にさらに力を込めた。消えていく息子の命を繋ぎ止められるわけではなくても、拓真に最期の瞬間まで、自分の手を感じていてほしかった。

心電図の波形が一本になった時、紗耶香は大声で泣いた。拓真が、最後に見る母親の顔は笑顔でありたい――その想いから笑ったものの、限界だった。立っていることなどできず、小さな体にしがみつくようにして慟哭《どうこく》し、握りしめていた両手は、医師や看護師に何度も説得されるまで離すことができなかった。

あれから約半年――毎日仕事に行けているし、生活もきちんとしているが、周囲の人との関わりは最低限しか取れていない。誰かと関わるよりも、仏壇の前で夫と息子の遺影の側にいたいと思ってしまう。遺影の前で何をするわけでもなく、ただ二人の笑顔を見ているだけなのだが、今の紗耶香には、それが一番落ち着く時間だった。

けれど、本当はわかっている。生きている限り、ちゃんと生きている人と関わっていかなければいけないし、こんなことを続けていては、二人が心配する……そう、頭ではわかっているのだけれど、二人の側にいたいと願う心に抗うことができなかった。

今日もまた、紗耶香は人との関わりを拒絶してしまった。職場の同僚に、次の休みにランチに行かないかと誘われたのだが、断ってしまったのだ。特に理由もなく、ただ「ごめんなさい。そういう気分になれないので」と口にした時、相手は少し傷ついた顔をした。

いつも良くしてくれる人で、拓真の入院中は残業を代わってくれたり、何かと親切にしてくれた人だったから、ずっと沈んだままの紗耶香を気遣って誘ってくれたのだろう。

思えば向こうも、言おうか言うまいか迷ったような様子を見せた後に、ようやく口にしたという感じだった。悪いことをした……今更ながらそう思ったが、だからといって、行く気になれないのも確かなのだ。

「ごめんね……弱い私で」

遺影の中の二人にそう呟き、紗耶香は小さくため息をついた。


誘いを断ってしまったその休日、紗耶香は朝から外に出た。暖かく、よく晴れた心地良い日だったたが、だから出てきたというわけではなく、空がきれいだったから、写真を撮ろうと思ったのだ。拓真は空が好きだった。そして、それは夫も同じだった。

夫は写真が好きで、写真家になることを夢にしていた頃もあったらしい。何度かコンテストに応募したが結果に恵まれず、結婚前に諦めてしまったが、趣味としてたくさんの写真を撮っていた。自分と拓真の写真もよく撮ってくれたが、人物よりも自然を撮ることが好きで、道端に咲く小さな花や、葉っぱの上の露などささやかなものから、四季折々の花や木々。中でも空は特に好きで、いろいろな場所で、空の写真を撮っていた。

「同じように見えても、いつも違う。空にはいろんな表情があっておもしろいよ」

そう言って、空の写真を収めたアルバムを作っては、拓真に見せていた。拓真自身にその記憶はなくても、あの子が空を好きになったのは、それが影響しているのだろう。憶えていないはずなのに「いつ見ても、いろんな空があるよね」と同じようなことを言ってきた時には、驚いたと同時に嬉しかった。記憶がなくても、この子の中に、あの人はいるんだと思えたから。

拓真が亡くなった後、最初に空を見上げた時、紗耶香は決めた。自分は写真を撮るのが上手くはないが、それでもこれから、二人のために空の写真を撮ろう。二人が見られなかった空を、自分が代わりに写真に撮り、あの人のようにアルバムを作って二人に見せてあげよう——それが、今の紗耶香にとっての生きる支えだった。

今日はどこで撮ろうか。考えながら歩いていると、誰もいない公園まで来ていた。ブランコと滑り台。ベンチが一つあるだけの小さな公園だ。もう少し先に、もっと広くて遊具もいくつかある公園があったはずだから、人はそちらに集まるのだろう。でも、芝生の中には、タンポポやシロツメクサがちょこちょこと咲いていて、その自然らしさを、きっとあの人は気に入るはずだ。

紗耶香は公園の中に入り、タンポポやシロツメクサの写真を何枚か撮りつつ、空にカメラを向けた。夫は本格的なカメラを持っていたが、そんなカメラ自分には使いこなせないし、壊しては大変なので、紗耶香が使うのは普通のデジカメだ。小さな雲、大きな雲。変な形の雲。あちこちにカメラを向け、写真を撮っていると、ふいに、背後から声をかけられた。

「折原さん」

振り返ると、小柄な女性が立っていた。一瞬誰だろうと思ったが、すぐに思い出す。

「……小早川さん？」

「はい。お久しぶりです」

小早川菜々は、拓真の入院していた病院の看護師だ。小児科のため、何度も顔を合わせているし、拓真もよく世話になっていた。

「ごめんなさい。私服で髪を下ろしているから、一瞬、誰だかわからなくて」

「いえ。私、この近くのマンションに住んでいるんです。今は、夜勤の帰りで」

「ああ、そうなの。お疲れ様です」

紗耶香が頭を下げると、菜々も
「ありがとうございます」

と、会釈を返してくれた。

「写真ですか？」

「はい。拓真と夫に見せようと思って、アルバムを作ってるんです」

「拓真君、空が好きでしたからね。旦那さんも好きだったんですか？」

「ええ。というより、夫が好きで写真をよく見せていたから、きっと、その影響であの子も好きになったんだと思います」

「そうだったんですか。お二人とも、喜ぶでしょうね」

「だと、いいですけど……二人のためにしてあげられることなんて、もう、これくらいしかないから」

俯き、カメラを持つ手に力が入る。

「ごめんなさい。暗いこと言ってしまいました。それより、入院中は、拓真が本当にお世話になりました」

無理に笑顔を作ってそう言うと、紗耶香は今度は、深く頭を下げた。

「いいえ。お礼を言わなければいけないのは私の方です」

「えっ？」

その言葉に、紗耶香は驚いて顔を上げる。

「あの頃は、私も他の患者さんのことでいろいろあって、そんな時に、拓真君が亡くなって結局伝えられないままになってしまっていたんですけど、私が、今も看護師を続けていられるのは、拓真君のおかげなんです」

「どういうことですか？」

「私と同期の看護師は三人いるんですけど、みんな、すごく優秀なんです。それがプレッシャーになって、新人の頃、よくミスをしてしまって……医療ミスになるようなことはありませんでしたが、このままではやってしまうかもしれないと考えて、毎日ビクビクしていました。人の命に関わる仕事なので、こんな自分が看護師をしていていいのか……続けていく自信がなくて、悩んでいた時に拓真君から花丸をもらったんです」

「花丸？」

首を傾げると、菜々は鞄から手帳を取り出し、中から一枚の紙を取り出した。緑色の折り紙に水色のクレヨンで大きく描かれた花丸は、見覚えがあった。

「これ、拓真が私にくれたものと同じ」

幼稚園の年少の時だった。あの年のクリスマス。プレゼントを渡すと、拓真が「お母さんにもプレゼント」と渡してくれた。紗耶香の好きなオレンジ色の折り紙の裏に、水色のクレヨンで大きく描かれた花丸マーク。

「お母さん、いつもありがとう。頑張ってるお母さんに花丸をあげるね」

紗耶香がお礼を言って受け取ると、拓真は嬉しそうに笑っていた。

「拓真君、幼稚園の年少さんの時、運動会で応援に行ったそうですね」

「ええ。年長の時は入院していたけど、あの時はしてなかったし、参加は無理だけど応援だけならって」

拓真が興奮してはしゃいでしまうことを考えて、許可された時間は二時間だった。その貴重な二時間を、拓真は精一杯、応援に使った。休みがちで早退も多かったため、友達はいなかったが、それでも声を上げて、みんなを応援していた。本当は自分も参加したかっただろうに、そんな素振りは一切見せずに楽しそうだった。家に戻った後、疲れが出たのかすぐに眠ってしまったが、その寝顔が幸せそうだったのをよく憶えている。

その後数日、拓真は幼稚園を休んだが、先生がお見舞いに来てくれた。新人だった彼女は、年の離れた体の弱い弟がいるらしく、拓真のことをとても気にしてくれていた。「参加は無理でも応援だけならどうか」と提案してくれたのも、その先生だった。

彼女はあの日、拓真が一生懸命みんなを応援してくれたことを褒めてくれた。そして拓真の首にメダルをかけ、花丸を描いたカードをくれたのだ。

メダルとカードをもらった拓真は、不思議そうにしていた。参加していない自分が、どうしてそれをもらえるのかわからなかったのだ。そんな拓真に、先生は言ってくれた。

「拓真君、一生懸命みんなのこと応援してくれたでしょ？　運動会には出られなかったけど、誰よりも頑張って応援してくれた。それが、みんなの力になったんだよ。だから、頑張った拓真君にも花丸をあげるね」

よほど嬉しかったらしく、拓真は、それ以来、カードとメダルを大切そうに枕元に置いていた。頑張った人には花丸を――拓真はきっと、そう思ったのだろう。

「拓真君、薬の時間の時に、私に元気がないのを感じたらしくて『どうしたの？』って訊いてきたんです。だから私『ちょっと失敗が多くてね』って、言ってしまったんです。患者さんで、しかもあんな小さい子に言うなんて情けないですけど、誰にも言えなかったからつい……もちろん、あんな幼い子に励ましてもらおうなんて思っていませんでした。ただ、少しでいいから、誰かに聞いてほしくて情けないとは思いながらも、つい、口にしていました。でもおかげで、私は拓真君に救われたんです」

「僕もね、あんまり幼稚園行けないから、みんなより遅れて始めることが多いんだ。だからうまくできなくて落ち込むんだけど、先生が言ってくれたの。『始めたばかりなら、うまくいかないことはあるんだよ』って。だから菜々ちゃんも、続けたら上手になるよ」

そう言った拓真は、サイドテーブルの引き出しから折り紙を取り出し、どの色が好きかと訊ねてきた。菜々が緑を選ぶと、今度はクレヨンを取り出し、水色のクレヨンで大きく花丸を描いて渡してくれたそうだ。

「『頑張っている菜々ちゃんに花丸をあげる』と、そう言って、今の運動会の話をしてくれました。その時から、同期達に対する劣等感みたいなものがなくなったんです。優秀でなくても、私は私として頑張ろうって。優秀であることよりも、一つひとつを確実にやるほうが大切だって。そう思ったら、抱えていたプレッシャーを下ろすことができて、ミスもしなくなっていきました。もし、拓真君に花丸をもらわなければ、私は看護師を辞めていたかもしれません」

「そうだったの。拓真は、あなたに看護師としての道を残していたんですね」

「はい。でも、私だけじゃありません。あの病院には、拓真君の笑顔と治療に対する前向きさに励まされた人達はたくさんいます。片岡茂雄さんを覚えていますか？」

「はい」

片岡茂雄——発作を起こしていた拓真を助けてくれたことをきっかけに、拓真が懐いていた男性だ。顔を合わせた回数は少ないけれど、拓真がよく話してくれていたし、葬儀の後で挨拶にも行った。

拓真の死を、自分の口から伝えるのは辛かったが、命の恩人でもあるので、きちんと自分で話したかった。だから、病院側にも伝えないでほしいと頼んだ。挨拶に行った時、彼は取り乱すようなことはなかったものの、体が震え、酷く動揺していた。それでも紗耶香を気遣い、拓真と仲良くなれて幸せだったと言ってくれた。

「同期の一人が、その方とよく話していたそうなんですけど、その方も、拓真君と知り合ってから楽しそうにしていたそうです。治療にも前向きになってくれて、とてもよく頑張ってくれたそうですよ」

「頑張ってくれた？」

過去形の言い方に反応すると、菜々はしまったという顔をした。

「亡くなったんですか？」

「……はい。三ヶ月前に」

拓真を助けてくれた人、拓真が父親のように慕っていた人が亡くなった……ショックを受ける紗耶香に、菜々は慌てた声で言った。

「で、でも、本当なら片岡さんは、拓真君より早く亡くなっていたかもしれないんです」

「えっ？」

「拓真君と出会い、親しくなって以来、病状がだいぶ落ち着いていたそうですが、出会う前の片岡さんは、あまり治療に前向きではなく、そのために、症状の進行は早かったそうです。それが、拓真君との出会いで変わったらしくて、拓真君の死後も治療を頑張り続けたと、同期の彼女は言っていました。そして彼の頑張りは、別の人達に治療に対する勇気を与えてくれたとも」

「そう……なんですね」

　拓真はもういない——けれど菜々が、拓真が残したというその道を行くことで、この先多くの患者を救う手助けをしてくれる。拓真との出会いで、治療に前向きになったという片岡も、今はこの世にいないが、彼が治療に対して前向きな姿勢を見せたことが、他の患者達に勇気を与えていた。

「あの子が……拓真が残したものは、たくさんあるんですね」

　声が震える。堪えようとしたが、堪えきれずに涙が溢れた。

「ありますよ。たくさん」

「いつまでも、下ばかり向いていたら、拓真にも夫にも叱られますね」

　涙を拭いて言うと、菜々は笑った。

「折原さんは、下ばかり向いてなんていませんよ。だってそれ」

　そう言って、彼女は紗耶香の持っているカメラを指さした。

「空の写真は、下を向いていたら撮れませんから」

「いや、そういうことじゃなくて……私、拓真が亡くなってから、ほとんど人と関わっていないんです。仕事とか、ほんとに必要最小限のことだけで、今日も、同僚に食事に誘われていたんですけど断ってしまって」

「たとえ最小限でも、閉じこもったりすることなく、折原さんは、きちんと生活をして人と関わっていますよ」

「一人だから……そうしないと生きていけないからです」

「そうです。折原さんは生きています。それが大事なんですよ。食事に行けなかったくらい何でもないです。まだ、今はそんな気になれなくても、生きていれば、そのうち行けるようになりますよ。辛くても悲しくても、折原さんは自分の人生をきちんと生きて、拓真君と旦那さんのためにできることを見つけたんです。下を向いてなんていません。じゅうぶん、ちゃんと生きています。折原さんが前を向くためには、まず、できていないことよりも、できていることを大事にしてください」

菜々の言葉に、紗耶香は思わず両手で顔を覆った。自分はちゃんと生きている――そう言われたことが嬉しかった。

毎日、自分を責めていた。こんなことではいけない。ちゃんと人と関わらなければいけない。もっと人と話さないと――もっと出かけないと――もっと、もっと……と、できなくなったことを数え上げ、必要最小限のことしかできないことを責めていた。こんなことでは二人が心配するとわかっていても、どうしても、最小限のことだけで精一杯だった。

「今のままで……いいの？」

「一人で過ごすことは悪いことでも、孤独なことでもありません。一人で過ごすからこそ見えることや、感じることがあります。折原さんが、今はまだ、一人でいたいならそれでもいいと思います。大事なのは、きちんと生きることです。拓真君も旦那さんも、まず望んでいるのはそのことだと思います。いつかまた、誰かと関わりたいと思えるようになったら、その時そうすればいいんです」

を感じた。今の自分を否定されなかった。そのことが嬉しくて、紗耶香は、心が軽くなっていくの

「見たところ、折原さんは顔色も悪くないですし、やつれたりもしていません。きちんと食べて、眠れているんですよね？　その上でこうやって外に出ているんですから、何も落ち込むことはありませんよ。誰かと関わらなければ、世界は狭いなんてことないです。今は最小限でもいいんです。歩き続けていれば道は、広がっていきますから」

菜々が帰った後、紗耶香はベンチに座って空を眺めていた。手には、財布に入れて持ち歩いている拓真がくれた花丸マーク。視線をその花丸に移すと、あの日の拓真の笑顔が目に浮かんだ。

「ありがとう。でも、どうして水色なの？」

花丸といえば普通は赤だ。幼稚園の先生がくれたカードの花丸も赤色だった。拓真が青系の色が好きなのは知っているが、それでもこういう場合は赤で描くものじゃないかと思い訊ねると、拓真は笑いながら言った。

「だって、お空の色だもん」

その一言で理解した。拓真が空を好きだったのは父親の影響かもしれないが、それだけでなく、自分の中で空に対して「元気が出るもの」という理由があった。

自分では見たことがない朝焼けや、暗い夜空に、どこか落ち着く夕方の空。雨や雪の日の曇り空など、どんな空も好きだったが、やはり、一番好きなのは青空だった。

「青いお空って、見てて元気が出るよね」

そう言って、よく空を見上げていた。元気が出る――それは、自分を励ます意味でもあったのかもしれない。辛い治療に我慢ばかりの生活。それでも、拓真は毎日楽しそうにしていた。

よく泣いていたのは最初のうちだけで、いつからか、そんな様子は見せなくなった。けれど辛くなかったはずはない。何度も空を見上げ、父親の作ったアルバムを繰り返し見ていたのは、きっと、好きだったからというだけでなく、自分を励ましていたのだろう。

冷たい、寂しさなどのイメージがある青だが、目の前に広がる青空からは、そんなものは感じない。広大で、明るくて、見ていると落ち着く。ふと、昔、夫が言った言葉を思い出す。

「拓真とは、同じ屋根の下にいなくても、同じ空の下にいるんだ。そう思ったら、寂しくないだろ?」

拓真が初めて入院した時、寂しがる紗耶香の肩を叩いて、夫はそう言った。寂しい気持ちがなくなったわけではなかったが、けれどその言葉で、紗耶香の気持ちは救われた。

アパートに一人でいる時、寂しくても窓から空を見ると、この空の下に拓真もいるのだと思い、少し元気が出た。もう、二人は同じ空の下にいない……けれど、残してくれたものはたくさんある。紗耶香はカメラを上に向け、シャッターを切った。そのままカメラを膝の上に置き、目線を上に向けたまま呟く。

「もう、大丈夫だから」

拓真も夫も、短い人生だった。一緒に暮らせた時間は本当に少ないけれど、残してくれたものはたくさんある。それは自分だけでなく、菜々のように誰かの中にもあるはずだ。

菜々に無理をしなくてもいいと言われたこともあり、紗耶香は自分の心がずいぶん楽になっているのを感じていた。きっともう、大丈夫だ。周囲との関係も少しずつ広げていける。いや、そうしていくんだと心に誓い、紗耶香はカメラを鞄にしまうと立ち上がり、家路についた。

八

水瀬彩美が、自宅であるマンションから近い朝食専門カフェ「輝き」に通い始めて、そろそろ一年になる。

メニューは二種類だが、日替わりの洋食と和食が選べるこの店は、味はもちろん、お洒落で落ち着きのある内装も評判で、オープンして一年経った今では、すっかり人気店になっていた。

人の多い場所は苦手だが、それでも彩美は休日に早起きをして、週に一度必ず通っている。オープン当初から通っているので、常連の中でも、自分は古株の中に入るだろう。

一年前――通勤に使う通りだったので、何か開店準備をしていることは知っていた。何ができるのだろうと思っていたら、朝食専門のカフェだったので、初めはガッカリした。

朝は一秒でも長く寝ていたい彩美には、出勤前に店で食事する時間など作る気になれないし、休日は休日で、朝寝坊して、ゆっくりテレビを見ながら食べたいので、営業時間が十一時半まででも、朝食を外に食べに出る気にはなれないからだ。

けれど、オープンから一週間が過ぎた頃だったか、土曜日の朝、起きると家にはパンもご飯もなく、冷凍庫を開けた彩美は首を傾げた。確か、冷凍した食パンが二枚残っていたはずだが、二枚ともない。何で？と思ったが、ややあってから思い出す。三日前に、急に妹が泊まりに来たので、二人で朝食に食べてしまった。じゃあご飯は？　これも冷凍したのが一食分あったはず……と考えて思い出した。

そうだ——日頃、飲み会は参加しないのだが、昨日は新人が入ったということで歓迎会があった。騒がしい席での食事は苦手でろくに食べられず、帰宅後にお茶漬けを食べてしまったのだ。

どうしよう？　お米はあるが、今から炊く気にはなれない。かといって、朝の十時過ぎからカップ麺というのも……アイスやチョコレートの類はあっても、食事になるものがない。一食くらい抜こうかとも考えたが、苦手な飲み会の後だったので、何だか落ち着くものが食べたかった。

思い浮かんだのは、昔、母親がよく作ってくれた卵とハムのサンドイッチ。ああ、誰かの作ってくれた朝ご飯が食べたい……と考えて、ふと、あのカフェを思い出した。ちらっと見ただけだが、表に出ていたメニューは料理の苦手な自分には作れない、しっかりとしたおいしそうなものばかりだった。今の自分が食べたいものは、ああいう料理だ。

そうして、彩美は「輝き」を訪れた。初めて食べたメニューは、ロールパンと野菜たっぷりのスープに、とろとろのスクランブルエッグとボイルしたソーセージ。それに水切りしたヨーグルトを添えた林檎のコンポートだった。シンプルだが、それ故に落ち着く味だった。特にスープはコンソメなどを使っていないようで、素材の味がよく出ていた。疲れた体に沁みるようなその料理は、普段ができとうなだけに、久しぶりに「ちゃんと朝ご飯を食べた」という気がした。

この朝ご飯がまた食べたい——食べ終わったばかりなのに、すぐにそう思うほどおいしくて、それ以来、苦手な早起きをして、人の少ない時間に、ゆっくりとここで朝食を食べるのが、週に一度の楽しみになった。

「今日は、和食でお願いします」

彩美が言うと、梨花は、すぐに注文を厨房にいる哲也と、忙しくなったために増やしたという若い男性に伝え、自分は空いた食器を下げにくる。

「素敵なブックカバーですね」

戻る途中、梨花がそう声をかけてきた。購入したばかりのブックカバーは、色はキャメルで、花の刺繍がされており、鞄の中で開かないようベルトもついている。値段は少々高めだが、一目惚れしたお気に入りである。

「ありがとうございます」

人見知りの彩美も、この一年で彼女とは親しく話すようになっていた。本を読みながら待っていると、梨花が「お待たせしました」と、注文したセットを運んできた。今日は白米と、ジャガイモとタマネギの味噌汁に、ひじきを添えたネギ入りの卵焼き。それに、水菜とトマトのお浸しだ。

いただきますと手を合わせ、箸を取ってまずは味噌汁を一口啜る。合わせ味噌に、タマネギの甘味とほくっとしたジャガイモの優しい味。ひじきにはニンジンと油揚げ、枝豆が入っていて彩りもよく、卵焼きはネギがたっぷりでシャキシャキとした食感が楽しい。お浸しになった水菜とトマトも、さっぱりとしていて箸休めにピッタリだ。

ふと、カウンター席で同じ和食のセットを食べている男性客が目に入った。彩美が店に通い始めてまもなく、常連になった人だ。初めて彼がここに来た日、一瞬、目が合いそうになったが、向こうが慌てて逸らした。その時、彩美は彼が、何か影を背負っているように感じた。それ以来、何度か見かけたことがあるが、いつも人を寄せ付けないような、暗い雰囲気を漂わせている気がしていた。

それが、いつからかその影はなくなり、少しずつ、彼は神崎夫婦と笑顔で話をするようになった。一年経った今では、あの時の影は少しも感じない。今日も、明るい笑顔で梨花と話をしている。

「ごちそう様でした」

そう言って立ち上がり、会計をすませた彼が出て行くのを見送った彩美は、片付けをしている梨花を呼んだ。

「あの人、ずいぶん明るくなりましたね」

「ああ、水瀬さんはよく顔を合わせていますし、通ってくださるようになったのも同じ頃でしたからわかるんですね。そうですね。もちろん事情は話せませんが、彼の中で、ずっと抱えていたものが下ろせたみたいです」

「どうしてご存じなんですか？――って、これは訊いたらダメですね」

「はい。申し訳ありませんが、それはお答えできません」

「でも私、ここのご飯の影響が大きいと思いますよ」

そう言うと、梨花はきょとんとした顔をした。

「私がそうなんです。仕事に人間関係に、毎日いろいろ疲れるけど、ここで朝ご飯食べるとすごく元気になります。家庭的で、でも自分ではなかなかできない丁寧な料理は、おいしいだけじゃなくて、なんだか、ほっとするんです。また頑張れる――そんな気持ちにさせてくれる。彼に何があったのかはわからないし、どうして背負っていたものを下ろせたのかはわからないけど、彼に元気を与えていたものの一つは、絶対に、このお店のご飯だったと思います」

「ありがとうございます」

嬉しそうな顔でそう言った梨花は、少し大げさじゃないかと思うくらい、丁寧なお辞儀をしてくれた。その後、梨花は新しく来店した客の案内に行き、彩美はまた、味噌汁を啜った。おいしい――実家にいた頃は、当たり前すぎて、手作りの味噌汁がこんなにおいしいなんて思ったことなかった。

実家は電車で三十分ほどなので、帰ろうと思えばいつでも帰れる。けれど、二十五歳を過ぎた頃から、実家に戻ると、母と父方の叔母が結束して見合いを勧めてくるようになったため帰らなくなった。来月、お盆の頃には電話がかかってくるだろうが、またてきとうな理由をつけて帰らないつもりだ。

見合いを断り続けて十年――三十五歳になった今でも、彩美は結婚に興味がない。将来のためとか、幸せのためとか言われても、わざわざ相手を探してまで結婚したいという願望がないのだからしょうがない。それに一人暮らしを始めて十年以上経つのに、自分は未だにろくな自炊ができない。

実家にいた頃は、家事なんて何もしていなかった。一人暮らしを始めて、さすがに掃除と洗濯はやっているが、料理はできなくてもなんとかなってしまうのでやる気になれず、彩美が作れるものは、せいぜいカレーや炒飯くらいだ。料理ができなければ結婚できないわけではないが、それでも、こんな自分が結婚できるとは思えない。まあ、する気なんてまったくないのだけれど。

普段の食事は、総菜やインスタント。それに冷凍食品やお弁当に頼りがちな彩美にとって、この店の家庭料理らしい朝ご飯は、心にも体にも沁みた。

初めて食べた時、スープの味が薄く感じたと同時に、優しい味だと思った。前日の居酒屋で食べた料理はおいしかったが、味が濃かった。唐揚げや、フライドポテトやガーリックシュリンプなどはそういう料理だし、味はちゃんとおいしかった。苦手な飲み会では自由に手が出せず、目の前にあったものをつまんだだけだが、どれもおいしかった。でも、濃い味ばかりで、すぐに飽きてしまった。

思えば、自分は普段、総菜や弁当に頼りがちだったので、きっと無意識にシンプルな味つけを求めていたのだろう。料理はどれも薄味だが、ただ調味料を減らしたような薄さではなく、素材の味を生かし、作り手の心が溶け込んだような優しい味。それが、この店の料理の魅力だった。

あの日、前日の飲み会の疲れを癒してくれた朝ご飯。メニューはいつも変わるが、同じ品でも、組み合わせが変われば新鮮味があるし、どれも優しい味で、日々の疲れを癒してくれるのは変わらない。この店に通い始めて、彩美は、特にミネストローネがお気に入りで、メニューにあると必ず頼む。だから事情はわからなくても、自分の中でほんの少しだけ、心が軽くなったのを感じている。だから事情はわからなくても、彼も自分と同じで、この店の朝ご飯に救われた部分があるのだろうと感じたのだ。

「ごちそう様。今日もおいしかったです」

支払いの後、そう言うと、梨花はにっこりと笑った。

「ありがとうございました。またお越しくださいーーお待ちしております」

店を出る時、ふと、ドアを閉める前に振り返ると、梨花がレジ横に飾られた、店名である「輝き」と書いた小さなプレートをそっと撫でていた。優しくも、寂し気な表情にドキリとするーーと、厨房から哲也が出てきて、気づいた梨花が顔を上げる。きっと、梨花にも何かあるのだろう。でも、彼女には隣にいてくれる人がいる。だから大丈夫だ。そっとドアを閉めると、彩美は自宅に向かって歩き出したーーみんな、いろいろあるよね。生きてるんだから。

そう、生きていればいろいろある。嬉しいこと、楽しいこと、面白いこと。悲しいことも辛いことも、寂しいこともある。人生とはそういうものだ。

仕事でミスが続いても、欲しかった新刊の最後の一冊を目の前で先に取られてしまっても、隣室に住む夫婦が最近喧嘩が多く、時には深夜まで騒いでいて寝不足になる日もあるが、彩美はあまり気にしていない。落ち込んだり、イラついたりはするけれど「そんな時もある」と割り切れる性格だった。

そんな彩美が前向きになれないこと――それは、自分の存在意義に自信が持てないことだった。昔からコミュニケーションを取るのが苦手で、慣れる前でも一対一で、ゆっくり話すのは良いのだが、たくさん人がいる環境がどうにも苦手で、子どもの頃はろくに友達が作れなかった。

高校卒業後に就職し、成人を機に実家を出た。職場での人付き合いは、まあまあうまくやっているが、休日は一人で過ごすことが多かった。

苦手なのはコミュニケーションだけではない。勉強にスポーツ。それに、不器用だから何かを作ることも苦手だ。苦手なものを数えたらいくつもあるのに、得意なことはいくら考えても思い浮かばない。

彩美にとって、嫌なことが続くのは何でもない。どんなに今日が嫌な日でも、明日は良い日になるかもしれない。たとえ、嫌な日のまま人生が終わったとしても、良い時だってたくさんあったのだから、自分の人生は不幸ではなかったと思っている。でも、自分の存在については、どうしても落ち込んでしまうのだ。苦手なことだらけで得意なことは一つもなくて、容姿も地味。こんな私に、存在意義はあるのだろうか……。

だからといって、死にたいとは思っていない。ささやかでも、楽しいことや嬉しいことがある日々が彩美は好きだったし、夢も目標もないけれど、生きていきたいと思う気持ちは強くある。それでも、自分に対する自信のなさから、時々そんなことを考えて苦しくなる。彩美にとっての「いろいろ」は、そんな自分への不安だった。

自宅に帰り、洗濯と掃除をして一息ついていると、電話が鳴った。テーブルの上の携帯電話を取り、見ると着信は、五つ上の姉の薫からだった。

「もしもし」

「久しぶり。ねえ、お昼って空いてる？　旦那が急に、休日出勤になっちゃってさ。香菜は、今日は友達の結婚祝いを仲間内でするらしいから、二人で食べに行かない？」

香菜は二つ下の妹。水瀬家は三姉妹で、姉は三十歳の時に結婚し、佐伯薫になった。性格も趣味もバラバラだが、昔から三人仲が良く、薫は結婚後も、旦那が不在の時には、たまに、こうして食事に誘ってくれる。

「空いてるよ。お店は任せていいの？」

「この間、カジュアルでおいしいイタリアンの店に行ったんだけど、そこでいい？」

「いいよ」

十一時に迎えに来てくれることになり、電話を切った後、彩美は出かける支度をするために立ち上がった。


「これ、おいしい」

ナスにパプリカ、ズッキーニなどが入った夏野菜のペンネを食べた彩美が言うと、ジェノベーゼパスタを食べていた薫が言った。

「こっちもおいしいよ。前はマルゲリータ食べたんだけど、ピザもおいしかった」

「じゃあ次はピザ食べたい。また来ようね」

そして、しばらくは互いの近況報告——というほど、大げさなものではないが、最近の出来事などを話し合った。

「——とまあ、そんな感じで、最近はあんまり良いことないんだよね」

「その割には、落ち込んでないよね」

「落ち込まないわけじゃないけど、あんまり引きずってもしょうがないし。そんなことより、私は自分の存在が情けないことのほうが落ち込む。嫌なことは過ぎてくけどさ、これはずっとついて回るから」

「何で情けないの？」

「なーんにもないから。お姉ちゃんも知ってるでしょ？　私に得意なことなんて何にもない。苦手なことばっかりで、趣味も本を読むことしかないし、見た目も地味だしね。昔から、お姉ちゃんや香菜と一緒にいても姉妹に思われないし」

美人で頭が良く、ピアノが得意な姉と、ショートヘアがよく似合う、目のパッチリした香菜は、姉妹の中で一番器用で、大抵のことはそつなくこなす。独身なので自分と同じように見合いを勧められているらしいが、自由な時間が減るからと、香菜もきっぱりと断り続けているらしい。

両親は、自分を姉や妹と比べることはしなかったが、親戚の間や小中学校では、二人と比べられることも多く、その度に彩美は傷ついてきた。薫も香菜も大好きで、大切な姉と妹だと思っているが、自分は本当に、二人の姉妹なのかと疑いたくなる。

「人の存在ってさ、得意なことがないと意味がないの？」

彩美が自分の中の不安を話し終えると、薫が首を傾げながら言った。そう言われると返事に困ってしまう。彩美は自分のことだからそう思うのだが、もし、これが誰か他の人から言われたなら——例えば、逆に薫や香菜から言われたなら、きっと「特技なんてなくても、いてくれるだけで意味がある」と言っていただろう。

「趣味とか特技とか、夢とか目標とか、そんなものなくても、誰かにとって大切だと思ってもらえる存在なら、生きている意味はあるよ。それに『何もない』って思っていたとしても、必ず『何か』はある。彩美なら、その『前向きさ』があるじゃない」

「前向きさ？」

「私なら、嫌なことが続いたら、落ち込んだり気が重くなったりする。香菜もそういうとこあるでしょ？　三人の中じゃ一番元気で明るい性格だけど、意外と打たれ弱いところあるじゃない？　でも、彩美は違う。第一志望の高校落ちても『志望校じゃなくても、楽しいことはあるよ』って言ってたし、マラソン大会で最下位だった時も『でも走り切った』って笑ってたし、子どもの頃にホットケーキ作った時も、焼きムラはあるし、きれいな丸にならなかったけど『自分で焼けた』って喜んでた。それから――」

「もういいよ……褒められてる気がしない」

「褒めてるんだよ」

「わかってるけど……そんな気がしないよ」

「まあ、とにかく、そうやって何でも前向きになれるのは、彩美の良いところ。私も香菜も持ってないし、多分、持ってない人の方が多いんじゃないかな。前向きな心は誰でも持ってるものだけど、彩美みたいにすぐっていうのは、けっこう難しいよ。彩美はすごいって、昔から思ってた」

「……ありがと」

自分では、何とも思っていなかったから褒められてもよくわからない。それでも、自分が二人にないものを持っていて、それがすごいと言われたのは素直に嬉しかった。

「それに私は、彩美の前向きさに救われたんだよ」

「えっ？」

「ほら、去年光《ひかり》が死んじゃった時……」

その言葉に、目の前が一瞬暗くなる。去年の夏前、梅雨らしく雨の多い日が続く中、久しぶりによく晴れた日の朝、姉の一人娘である光が亡くなった。まだ、生後一ヶ月になったばかりだった――……。

子どもの頃から、大人になったら母親になることを望んでいた薫は、就職後に出会った人と付き合い、結婚した。

だが、なかなか子どもに恵まれず、病院に行くと、生まれつき子どもができにくい体質だとわかった。それでも諦めきれず、ようやく授かった時、薫は本当に喜んでいた。結婚から十年――四十歳で初出産。体調管理には常に気をつけ、出産や育児関係の本を熱心に読み、講習会なども積極的に参加し、可愛らしいベビー用品の店を度々覗いては、楽しそうにしていた。

ところが、生まれてきた子どもは、三日後に心臓の病気が見つかり、一ヶ月を過ぎたばかりの頃に亡くなった。薫は悲しみから食事が取れなくなり、不眠に悩まされ、どんどん弱っていった。

つわりがひどく辛そうだったが、生まれてくることを楽しみにし、生まれた時は我が子を抱いて輝くような笑顔を見せていた薫の心情を想うと、誰も何も言えなかった。彩美もどうすればいいのかわからなかったが、それでも、毎日のように、弱って入院していた薫の見舞いに出かけていた。

その日も、いつものようにぼんやりと窓の外を眺める薫の側に座り、一緒に空を眺めていると、ふいに、薫が口を開いた。

「光は、生まれてきた意味あったのかな？」

何を言っても反応がなく、自分から言葉を発することがなくなっていた薫は、その日久しぶりに自ら声を出した。長く喋っていなかったためか、少しかすれた声だった。

「お姉ちゃん？」

「この子の歩く道が、光で溢れていますように――どんな時でも、自分の光を失わずに生きていけるようにって名付けたのに……たった一ヶ月しか、光は生きられなかった」

空を見つめたままの薫の頬を、静かに涙が伝う。女の子だとわかった後、薫は楽しそうに名前を考えていた。初めて娘を抱いた時、選んだ名前を呼びながら、幸せそうに泣いていた。その時のことを思い出した彩美も泣きそうになったが、膝の上に置いた両手を握りしめて堪えた。ここで、自分まで泣いていてはいけない。

「意味ならあったよ」

しばらく考えた後、彩美は、ゆっくりと口にした。

「お姉ちゃんの夢を叶えてくれた。たった一ヶ月でも、お母さんになりたいっていう、子どもの頃からのお姉ちゃんの夢を、光ちゃんは叶えてくれたじゃない」

「そんなの……あの子にとっては、何の意味もない」

「そんなことない。出産経験のない私に、何がわかるんだって思うかもしれないけど、一ヶ月しか生きられなかったから、生まれてきた意味がないっていうのは違うんじゃないかな？　すごく悲しいことではあるけど、自分が生まれて生きた一ヶ月を意味がなかったと思われるのは、光ちゃんにとって寂しいことだと思う」

彩美がそう言うと、薫は目を見開いた。絶望しかなかった目が、久しぶりにはっきりとした眼差しに変わった瞬間だった。

「私もすごく悲しい……買ってあげたいものいっぱいあったし、たくさん一緒に遊びたかった。私がこんなに悲しいんだから、お姉ちゃんは本当に辛いよね。でも、お母さんがそんなに悲しんでたら、光ちゃんも悲しいよ」

「……わかってる。でも、頭ではわかっていても、光のことを思うとどうしても——」

「光ちゃんは、お姉ちゃんを不幸にするために生まれたんじゃない。幸せにするために生まれてきたの。一緒に生きた時間は一ヶ月でも、これからもお姉ちゃんが、光ちゃんの母親であることに変わりはないよ。光ちゃんのお母さんになれて、幸せだったでしょ？」

薫の手を握り、そう言うと、薫は彩美の目を見ながら大きく頷いた。目には涙をいっぱいに浮かべ、肩が震えている。その肩を優しく叩きながら、彩美は言葉を続けた。

「光ちゃんは、お姉ちゃんと義兄さんを親にしてくれるために生まれてきた。二人に親になった喜びを残してくれた。頑張ってくれたんだよ。あんなに小さな体で、心臓に病気抱えて一ヶ月、一生懸命生きてくれた。そんな娘に、お母さんが『意味があったのか』なんて言ったらかわいそうだよ」

薫は首を振り、涙を拭くと、サイドテーブルの引き出しから写真を取り出した。生まれてすぐ、まだ、病気が見つかる前に親子三人で撮った写真だ。自分の腕の中でスヤスヤと眠る娘を見ながら、薫は大きく息を吸い、笑いかけた。

「光……よく、頑張ったね。生まれてきてくれてありがとう」

「あの時の彩美の言葉に、私がどれだけ救われたか。自分の寂しさと悲しさで精一杯。光は生まれてきて意味があったのか、そればかり考えていた私に、彩美は、光が私に残してくれたものを教えてくれた。一ヶ月しか生きられなかった――そうじゃない。病気の体で一ヶ月も生きてくれたって。光が頑張ったことを私に気づかせてくれた。苦手なことばかりなんて気にすることないよ。そんな風に物事を前向きに捉えられるのは、彩美の一番良いところなんだから、自信持ちなさい」

そう言って、薫は笑った。絶望し、悲しみに暮れていた頃の姿はもうない。もちろん辛い気持ちが消えたわけではないし、一生消えるものではないけれど、それでも、薫は立ち上がってくれた。前を向いて歩いてくれている。そのきっかけに、自分がなれたというのなら、私は、私を褒めてあげてもいいのかもしれないな――。

「会社の先輩でね、何年か前、息子さんが大学生の時に亡くなってるんだけど」

帰りの車の中で、薫がそう話し始めた。

「入社した頃から良くしてくれている人で、仕事ができて明るくて、優しくて憧れの人だったけど、息子さんを亡くした時は、仕事に復帰してもやっぱり落ち込んでて、前みたいな明るさはなくなっちゃったんだ。でも、いつからか、よく笑うようになったの」

「何かあったの？」

「息子さんが大学で一番仲良くしていた友達と話をする機会があって、息子さんが残してくれたものに気づいたんだって。彩美から光が残してくれたものを教えてもらった後、そのことを思い出したの。人はちゃんと、この世に何かを残すんだよね。たとえ、どんなに短い命だったとしても」

「うん。生まれてきて、意味のない命なんてないよ。私も……これからは自分を否定しない。自信はないけど、きっと、私も『何か』を残してるはず」

「『はず』じゃないよ。私は彩美に救われたって言ったでしょ。彩美は私に、立ち上がる力をくれたんだから。その先輩もね、今は本当に元気だよ。もちろん、悲しみや寂しさがなくなるわけじゃないけど、それでも『自分の人生をきちんと生きることが、私があの子のためにしてあげられる、たった一つのことだから』って、毎日元気に仕事してる。あの頃は、妊娠もしてなかったから、先輩の気持ちがよくわからなかった。でも、彩美に言われて、それで先輩の言葉も思い出したんだ。母親として、光を育ててあげることはもうできない。成長する姿を見られない。だけど、私が私の人生をきちんと生きていけば、光もきっと、ゆっくりと休むことができるんだろうなって」

――だから、私は自分の人生をきちんと生きるよ。光のためだけじゃなくて、旦那のためにも、もちろん、自分のためにもね。そう言って笑う薫の姿は、まっすぐに未来を見ている目をしていた。その笑顔を見ていると彩美は、気持ちが楽になっていくのを感じた。

妹が生まれ、母親に抱っこしてもらえなくなり、それまで可愛がってくれていた大人達の関心が、みんな妹に向けられるようになって寂しかった時、姉だけは、いつも側にいて自分のことを見てくれていた。その時の、嬉しさと安心感を思い出す。

「ありがとう。いろいろ楽になった」

車を降りた後そう言うと、薫はにっこりと笑って言った。

「こっちこそ。今度は、香菜も一緒に、彩美お勧めの朝食専門店行こうね」

「うん。またね。気をつけて」

「ありがと。じゃあね」

手を振って、車が角を曲がって見えなくなるまで見送った後、マンションに入り、エレベーターで三階まで上がる。ドアが開き、部屋まで近づいていくと、またも隣から騒がしい声がした。若い、二十代前半の夫婦で、春に引っ越してきた時はとても仲が良くて幸せそうだったのに、一体何があったのか、最近は本当に喧嘩が多い。

「せっかく、良い気分だったのに」

自分には関係ないけれど、度々、他人の喧嘩を聞かされるのも気分が悪い。ため息をついたところで、中からお皿が割れるような音がした。どうやら、今日は少し激しそうだ。

「……どこかで時間潰そう」

いつも、てきとうなところで、どちらかが外に出ていく。それまで自分も避難していようと、彩美は踵を返し、ドアに背を向けた。

九

部屋に引きこもるようになって半年。テレビも新聞も見ないので、日付の感覚はなくなってしまった。ベッド脇の小机に置いてある時計のデジタル表示がなければ、今日がいつなのかもわからない。

カーテンも閉めっぱなしのため、昼間でも薄暗い部屋の中で、中峰紗季はぼんやりとベッドの上に座っていた。この半年間、毎日この状態が続いている。

以前は活発な性格で、考えるよりも行動派だった。じっと座っているのが苦手で、何もしていないとすぐに「退屈」とか「つまらない」と思っていた。それなのに今は、ずっとこんな状態でもそう思うことがない。頭の中にある光景と様々な想いが渦を巻き、気づくと一日が終わっている。

ろくに体を動かさないので体力は落ち、最近は階段の上り下りでさえ、少し疲れるようになってしまった。正直、生きているのが辛かった。毎日が苦痛で、何度、窓から飛び降りたいと思ったかわからない。

けれどその度に、彼女の顔が浮かんだ。あの時、あの瞬間、真っ直ぐに自分を見つめるその瞳は優しくて、温かかった。自殺なんてしたら、彼女に申し訳ない。

けれど、この状態でいること自体がすでに彼女に申し訳ないのだが、外に出て、人と関わることは、どうしても怖かった。もしもまた、同じようなことがあったら……もしもまた、彼女のように、自分のせいで誰かが亡くなったら……そう思うと、怖くて外に出られなかった。


特に親しくなんてなかった。会えば、挨拶はするがその程度。紗季は昔から、積極的に周りに声をかけに行くタイプだが、おとなしそうな人は、人見知りなのか、話すのが嫌いなのかわからないので、それがわからない間は、適度に距離を置くようにしていた。

彼女の場合は、あまり人と話すところを見なかったが、親しそうな人とは落ち着いて話しているところを何度か見かけたので、きっと、慣れれば話してくれるタイプなのだろうと思っていた。

でも彼女は、二十三歳の自分より大人だったので、さすがに、紗季も気楽に話しかけられなかった。だから隣に住んでいても、特別関わることはなく、彼女は隣人であるだけの他人だった。それなのに彼女――水瀬彩美さんは、命をかけて自分を助けてくれた……。

去年の三月、紗季は大学で出会った交際相手の同級生と結婚し、水瀬彩美の住むマンションの隣の部屋に引っ越した。2DKの部屋は二人暮らしならじゅうぶんで、築三年とまだ新しく、近くに生活に必要な施設もいろいろ揃っていた。紗季と彼はそのマンションを気に入り、家賃は少し高めだが、二人で半分ずつだからと入居を決めた。

結婚について、互いの両親には二人とも大学を卒業し、社会に出たばかりだから早すぎると何度も言われた。反対するわけではないが、子どもがいるわけでもないし、もう少し貯金をしてからの方が安心して結婚できるだろう——と。

今なら、その通りだと思う。だが、当時は早く一緒になりたいという気持ちしかなかった。二人で何度も説得し、許しをもらって結婚した。それなのに……幸せは長く続かなかった。紗季が幸せだったのは、夏の始まる少し前。梅雨の最中《さなか》、静かな雨の日が続いていた頃までだった。

元々、彼は少し子どもっぽい面があり、我儘なところがあったが、おだてたり宥めたりすれば、機嫌の直りは早かった。面倒だと思うこともあったが、良く言えば気持ちの切り替えが早い性格で、基本的には明るくて優しい人だった。

だがその頃、職場で同期の一人がとても優秀らしく、上司や先輩達から可愛がられていることを悔しがっていた。彼も頑張っていたが敵わず、毎日のことだったこともあり、その頃はひどくイライラしていて、何を言っても効果がなかった。

「比べてもしかたないよ。圭太は圭太のペースで頑張ればいいじゃない。仕事なんだから上に可愛がられるより、きちんとやることが大事だよ」

「うるせえな。同期がいないお前にはわかんねーよ！」

「……そんな言い方しなくても」

確かに、歯科医で受付の仕事をしていた紗季には同期がいなかった。一番の新人なので可愛がられてもいたから、今の自分に、圭太の気持ちはわからない。それでも、圭太のことを思って言ったのに、冷たい言い方をされて傷ついた。落ち込んで、黙り込んでしまった紗季に気づいた圭太は、その時は謝ってくれて、すぐに仲直りした。だがそれ以来、喧嘩を繰り返す日々が続くようになった。

「このシャツ、アイロンかかってないぞ。ちゃんとしとけよ！」

「お前さ、魚は焼くしかできないのか？」

「何でビール買い忘れるんだよ！」

家事に文句を言うのは毎日で、おまけに口にするのは、自分のストレスばかり。優秀な同期や、上司や先輩に対する不平不満だけでなく、昼休みに入った店の食事が口に合わなかったことや、コンビニの店員がミスをしてレジがもたついてイライラしたなど、とにかく、内容がネガティブなものばかりで、聞いている間は気が重かった。ストレスを溜め込まないために話すことは大事だが、そればかりでは気持ちも暗くなる。

しかも、明らかに愚痴というより悪口にしか聞こえない言葉も増えていく。結婚前はそんなことなかったのに、あの頃の圭太は、マイナスなことばかり口にしていた。

「そんなに、否定ばかりしなくてもいいじゃない」

自分にとっては落ち込むことでも、優秀な人間がいるのは会社のためになる。自分が働く場所にとってプラスになるなら、それは良いことだし、食事がおいしくないというのも味覚は人それぞれだから、口に合わないと思うのはしかたないとしても、否定しすぎては悪口になってしまう。

コンビニの店員がミスをして客に迷惑をかけたのも、店員としてはよくないが、それでも失敗は誰にでもある。一度の失敗でダメな人だと騒ぐのはよくない。

「ダメなやつをダメだと言って、何が悪いんだよ？」

「圭太だって、一生懸命やってるのに、誰かに否定されたら嫌でしょ？」

「俺がダメだって言ってるのか？」

「違うよ！」

しばらく言い合い、それでも収まりそうにないと、途中でどちらか（ほとんど自分）が外に出てしばらく時間を置く。落ち着けば互いに「ごめん」と言って仲直りする。そんなことがしばらく続いていた頃、あの日の圭太は、相当虫の居所が悪かった。

前日に仕事で大きなミスをし、それをカバーしたのが例の優秀な同期だった。きっと相手は、善意で手を貸してくれたはずだが、圭太にはバカにされているとしか思えなかったらしい。みじめさと悔しさから、圭太は普段より多くアルコールを入れ、散々喚き散らした後そのまま眠り、翌日は土曜だということもあって、昼過ぎまで起きなかった。

目を覚ました圭太は、二日酔いで機嫌が悪く、さらに、その理由を思い出してまた不機嫌になった。「頭が痛い」「気持ち悪い」と言い続け、起きようとしない。その姿に、紗季はイライラした。言っていることは体調が悪い状態と同じだが、飲み過ぎでそうなったのだから自業自得だ。天気も良いから布団も干したいし、掃除もしたいと思っているのにベッドは占領されているし、こんな状態の圭太の近くで掃除機などかけられない。

紗季もずっと、イライラしていた。自分はあれこれ気を遣っているのに、圭太は水を要求したり、エアコンの効きが悪いなど、うるさく言うので気分が悪かった。やがて、ようやく起きてきた圭太は「飯」の一言だけ言うと、ダイニングテーブルの椅子を乱暴に引いて座った。その姿を見て、紗季の中でプツンと我慢の糸が切れた。

「さっきは、何も食べたくないって言ったじゃない」

「今は食う気になったんだよ。まだだるいから、食いやすいものにしろよ」

「そんなこと言われても、何にもないよ。冷凍ご飯ないし、圭太がいらないって言うからご飯炊くのやめて、私だって朝は残ってたパン食べて、お昼はカップ麺なんだから」

「なら、何で買い物行かねーんだよ」

「具合悪い圭太を、一人にしとくのが心配だったから行けなかったの！」

「ガキじゃねえし。だいたい、二日酔いぐらいでそんな心配される筋合いない」

「何でそういう言い方しかできないの？　何でいつも自分中心なの？　自分の言い分ばかり正しいみたいに言って、周りのこと全然考えない！　ガキじゃないって、圭太はじゅうぶん子どもじゃない。我儘で自分中心。気に入らないことがあると喚き散らして、どこからどう見ても子どもでしょ！」

圭太が、静かに立ち上がった。その目は初めて見る鋭い目つきをしていた。紗季を睨んだまま、圭太は水切りラックの中に入っていた皿を取り出すと、紗季に向かって投げつけた。とっさに目を閉じた直後、ガチャンと皿の割れる音がした。目を開けると、壁にぶつかった皿が、紗季の横で粉々になっていた。

「あ、危ないじゃ……」

圭太に視線を戻し、言いかけた紗季の言葉が途中で止まる。目を離したその間に、圭太の手には包丁が握られていた。

「ちょっと……冗談が過ぎるよ……」

「冗談じゃねえよ。お前うるさい」

目が血走っている——ヤバい。圭太は本気だ。まだ、アルコールが抜け切れていなかったせいもあるのだろう。完全に冷静さを失っている。

「ご、ごめん……私が悪かったから。謝るから……それ置いて。ねえ、お願い」

「うるせえ！　もうお前なんか消えろ！　死ねー！」

圭太が包丁を振り上げ、紗季に向かってくる。紗季が悲鳴を上げ、うずくまった時、玄関のドアが開いた。とっさのことに圭太の動きが止まり、紗季も玄関に顔を向けた。そこにいたのは、隣人の水瀬彩美だった。どこかに出かけていたのか、それとも出かけるところだったのか、手には鞄を持っている。彼女は、部屋の中の光景を見て驚いた顔をした。

「何……してるんですか？」

「あんたに関係ないだろ」

「私は……隣に住んでるんです。ここで事件を起こされたら困ります。だから関係なくありません。大声で死ねなんて聞こえたら、放っておけるわけないじゃないですか」

震えながらも、彼女はそう言って部屋の中に上がってくる。どうやら、さっきの圭太の声に驚いて飛び込んできたらしい。普段はかけている鍵をかけ忘れていたことが幸いしたが、彩美がこういう行動を起こせる人だとは思わなかった。だが、とにかく助かった。これで、圭太が冷静になってくれたら――。

「大丈夫ですか？」

座り込んでいた紗季の肩に手を置き、彩美が言った。恐怖と安堵感から声が出せず、頷くことしかできなかったが、彩美はそんな紗季の体を優しく抱きしめ、背中をさすってくれた。そして圭太に向き直ると、強い口調で言った。

「何があったかはわかりませんけど、引っ越してきた時は、あんなに仲良くされていたじゃないですか。ちゃんと落ち着いて話し合ってください」

「俺は落ち着いてる」

「包丁なんか持って、どこが落ち着いてるんですか？」

「うるせえな。他人が口出しするな！」

「口出しされたくなかったら、ただの喧嘩をしてください」

「……うざい」

その瞬間、圭太の目つきが変わった。彩美の登場に驚いたことで、少し落ち着いたように見えていたが、話を聞く気がないことは、会話を聞いていればわかる。彩美は身長も体格も、その年頃の平気的な女性だ。多少の年の差があったところで、圭太にとっては力で勝てない相手でない上、手には包丁が握られたままだ。その「勝てる」という気持ちのせいで、圭太の殺意は再び沸き起こってきたに違いない。

「水瀬さん逃げて！」

せめて彩美のことは逃がさなければと、紗季は声を上げた。だが、彩美は両手を広げて紗季の前にしっかりと立ち塞がった。

「もう止めて。今は喧嘩してるから、そんな気持ちになってるのかもしれないけど、大好きだから結婚したんでしょ？」

「うるせえな。あんたさ、さっきからうざいんだよ。人の家のこと説教できるほど偉い人間なのか？　もう黙れ。早くどけ！」

「どかない！」

「水瀬さん！　いいから早く逃げて！」

紗季は叫び、彩美の腕をつかんだが、彩美はどこうとしない。圭太は、イラ立ちを抑えきれないように頭を掻き、再び強く睨みつけてきた。

「だったら……お前からやってやるよ」

そう言って、包丁を振りかざした圭太が向かってくる。急いで彩美の前に出ようとしたが、彩美がそれをさせなかった。立ち上がろうとした紗季を、彩美が抱え込むように抱きしめた。ギュッと力強かったのはほんの一瞬で、すぐに、彼女の体から力が抜けるのを感じた。

「水瀬さん！」

振り下ろされた包丁は、彩美の腰の辺りに刺さり、そこから大量に出血していた。その大量の血は、紗季を恐怖に落とすと同時に奮い立たせた。だめ——絶対に、この人を死なせない！

「圭太、救急車！」

彩美の体を支えたまま叫ぶと、圭太は「刺した」ことで我に返ったらしく、自分の両手を見つめている。

「俺……今……何を……」

「早く！　早く救急車呼んで！」

圭太は、返り血を浴びた両手を見て震えていたが、紗季の迫力に押されたらしく、慌てて救急車を呼ぶ。救急車が来るまでの間、紗季は彩美の手を握り、必死に呼び続けた。

「すぐに救急車来るから。頑張って！　水瀬さんお願い！」

脈はある。ちゃんと生きている。でも、彩美は意識を失ったままだ。紗季は、必死に彼女を呼び続け、絶対に逝かせるものかと強く手を握り続けた。

到着するまでが永遠に感じられた救急車が駆けつけ、救急隊員の手によって、彩美はストレッチャーに乗せられた。紗季も一緒に乗り込み、病院に着くまでの間も、彩美を励まし続けた。

「頑張って！　もうすぐ病院着きますから」

彩美が、ゆっくりと目を開けた。その視線が紗季の顔を捉える。真っ直ぐに自分を見つめるその瞳は弱弱しく、でも、とても優しかった。彩美は、何か言いたそうな顔をしたが口を開くことはなかった。そして——……病院に着く五分前。彩美は、救急車の中で息を引き取った。


彩美が亡くなった後のことは、今となってはよく覚えていない。悲鳴を上げ、パニックになったことはぼんやりと憶えているが、その後の記憶は途絶えている。気がつくと、紗季は病院のベッドの上にいた。駆けつけた両親の話では、自分は救急車の中で気を失ったらしい。圭太は、救急隊員が呼んだ警察に引き渡されたそうだが、そんなことはもう、どうでもよかった。

紗季の頭にあったのは、自分をかばって彩美が亡くなったということだけ。隣人とはいえ、ろくに関わりのなかった彼女が、自分のせいで亡くなってしまった。どうしてこんなことになったのだろう？　いつもの喧嘩のはずだったのに、取り返しのつかないことになってしまった。

それからすぐ、紗季は離婚して実家に戻った。一人にすることを心配して、母が紗季の部屋で一緒にいてくれようとしたが、紗季はそれを拒否した。

「変なこと考えたりしないから……今は一人にして」

本音を言えば「変なこと」は最初から考えていた。刺したのは圭太でも、自分だって彩美の死の原因なのだ。生きているのは申し訳ない――けれどあの時、紗季を見た彩美の目は、自分が生きることを望んでいた。ずっと目を開けなかったのに、最期の力を振り絞って自分を見つめたその瞳は、本当に優しかった。言葉はなくても「生きて」と言われた気がした。きっとあの時、彩美はそう言いたかったのだと思う。

自殺だけはしてはいけない。彼女に救われた命を、彼女を理由に自分から絶つことなど絶対にしてはいけない。だが、生きていても今の状態では、彼女を悲しませるだけだとわかっている。それでも、外に出て人と関わることは考えるだけで体が震えてしまい、どうしてもできなかった。

彩美の家族は、誰も自分のことを責めなかった。一度、謝罪の手紙を書いて警察に預けると返事が返ってきた。憎しみが込められていることを覚悟して開いた返事には、しかし恨みの一つもなかった。

「刺した相手のことは恨んでいますが、あなたのことは恨んではいません。あなたに罪はないし、あなたが助けてくれと頼んだわけでもありません。殺されたことを納得できるわけではなくても、放っておくこともできたのに、そうしなかったのは彩美の意志です。どうか生きてください。彩美が、命をかけて守ったその命を大切にしてくれることが、私達の一番の願いです」

と、そんな内容のことが、少し震えた文字で書き綴られていた。辛い気持ちを必死に抑えて書いてくれたのだろう。その想いに応えなければ——そう思う気持ちはあるのに、体はどうしても動かない。毎日、今日こそはと思うのだが、外に出て、人と会うことは考えるだけで苦しかった。

「……彩美さん……ごめんなさい」

薄暗い部屋の中で、膝を抱えてうずくまりながら、紗季は小さく呟いた。

事件が起きたのは夏だったが、気づくと季節は冬を過ぎていた。毎年楽しみにしていたハロウィンも、クリスマスも、大晦日も正月も、意識しないまま通り過ぎ、もうすぐ二月も終わる頃だった。

いつの間にか眠っていたらしい。気がついた時、紗季は横になっていた。目を擦りながら体を起こす。薄暗がりだった部屋が、もうだいぶ暗くなっていた。ベッド脇の小机の上に置いてあったリモコンで部屋の明かりをつけ、時計を見ると、もうすぐ夕方の六時になるところだった。

「何あれ？」

ふと、机の上に何かが置いてあるのに気がついた。白い、小さな鉢に入った花のついた小さな木——盆栽だ。近づいてみると、河津桜の盆栽だとわかったが、何故こんなものがここに？　両親は盆栽なんてやらないし、そんな趣味がある人も知らない。いや——一人だけ心当たりがある。でも、まさか……。

確かめずにはいられなかった。紗季は盆栽を抱え、部屋を出て階段を下りた。キッチンで夕食の支度をしている母を見つけ、

「お母さん！」

と、久しぶりの大声で呼ぶと、タマネギの皮を剝いていた母が、驚いて顔を上げた。

「……これ、どうしたの？」

盆栽を差し出すと、母は「ああ」と言ってタマネギをまな板の上に置くと、手を洗って紗季を促し、食卓の椅子に座らせ、自分もその向かいに座った。

「一時間くらい前に、圭太君のお母さんが持ってきてくれたの」

やっぱりそうだった。圭太の母親は、彼女の祖父の影響で盆栽が趣味なのだ。特に好きなのが梅や椿など、花を咲かせるもので、実家に行くと、いつも嬉しそうに見せてくれていた。だけど——。

「……どうして？」

圭太の両親は、息子が人を殺したこと、紗季を殺そうとしていたこと、紗季が彩美のことを気に病んでいることなど、すべてに対して、ひどく責任を感じていた。事件の後、病院で泣きながら二人は、紗季に向かって謝罪した。ぼんやりしていたため、自分が何と答えたのかよく覚えていないが、両親に罪はないことはわかっていたから、少し落ち着いてから手紙を書いた。すべては、自分達の喧嘩が招いたこと。お二人の責任ではありません――と、そんなようなことを伝えた。

その後は、特に何もなく、向こうもおそらく自分のために、それ以上の接触は避けてくれたのだろうと思っていた。

「お母さんね、圭太君のお母さんと、たまに連絡を取っていたの」

「えっ！」

「お父さんは知らないけどね」

父は、病室で紗季に向かって頭を下げる圭太の両親に、怒鳴り散らしていた。もし、彩美が助けてくれなければ、紗季が殺されていたのだから、父の反応は当然のことだ。母が止めても聞かず、紗季が「もう止めて」と頼んで、ようやく父は、圭太の両親を責めるのを止めたが、怒りで肩を震わせながら、絶対に許さないと言っていた。自分の送った手紙に返事がなかったのは、父に対する遠慮のようなものもあったのだと思う。

一方で、母は圭太の両親に対して、大きな反応は見せなかった。紗季が殺されていたのなら、父と同じで絶対に許さないという態度だっただろうが、そうではないためか、責めたり怒鳴ったりはしなかった。ただ、黙って気持ちを抑えていたのだろうと――だが、だからといって、まさか連絡を取り合っていたとは思わなかった。

「ご両親は、紗季や圭太君のことで苦しむだけじゃなく、この先ずっと『犯罪者の親』として見られてしまう。職場も変えて、家も引っ越して、それでも、その事実はずっと付きまとっていくはず。二人に罪はなくても、それが間違っていることだとしても……。お母さんも、殺されたのが紗季だったら、ご両親のこと恨んでると思う。勝手だよね……殺されたのが他人だから気遣うなんて。でも、だからこそ、少し冷静でいられたから、いろいろ考えちゃって放っておけなかった。一時は身内になった人達だしね」

この先待ち受けている未来を考えて、母は二人を責めることをしなかったのか。

「でも、この盆栽はどういうことなの？」

テーブルの上に置いた河津桜を見ながら訊くと、母は言った。

「紗季に春がきますようにって。圭太君のお母さんがくれたの」

「春？」

「事件の後、嫌がらせで庭にゴミを投げられて、そのせいで盆栽も壊れたらしくて、でもその中で一つだけ、この河津桜だけが残っていたんだって。ゴミが散乱し、粉々になった盆栽の中で立っているこの木を見て、圭太君のお母さんね、ボロボロになっていた心が励まされたんだって。その気になれば、どんな状況でも立ち上がれる。前に進める。そう思って、それからこの桜を育てて、花が咲いたのを見た時、その気持ちを紗季に届けたいって思ってくれたんだって——寒い冬の後には暖かい春が来るように、辛いことの後にはきっと、幸せな時が来る。だから紗季のところにも、春が来ますようにって。自分ができる償いは、これからの紗季の幸せを祈ることだけだから……って」

目の前にあるのは、見上げるような立派な木と違い、本当に小さな桜だ。けれど、小さくても、ちゃんと花は咲いている。河津桜はまだ二月の寒い頃に咲き始める。冷たい空気の中で花を咲かせ、春の訪れを感じさせてくれる。圭太のお母さんも、苦しみの中、少しずつ前を向き、そして「大丈夫だ」と思えるようになった。そこに至るまで、どれだけ力を振り絞ったのだろう？　そう言うと、母は言った。

「圭太君のことを考えたんだって」

「圭太の……こと？」

「息子が人の道を外したことは事実だし、取り返しがつかないこと。許されないことをしてしまったのは確かだけれど、それでも、その事実だけが圭太君じゃない。仲間想いのところも、やりたいことに向かって頑張るところもあった。『世間にとっては犯罪者でも、私達にとっては大切な息子。あの子が帰ってきた時、支えてあげられるように私達がしっかりしないと』って」

それを聞いた紗季は、思わず手で口を覆った。体が震え、涙で視界が歪む。ああ——そうだ……あの頃は、自分勝手なところばかりが目についたけど、圭太は、根は優しい性格だった。仲間や後輩を大事にしていたし、やりたいと思ったことには、ひたむきに努力していた。

打たれ弱いところがあったから、結果が出なくて荒れることもあったけど、それも、それだけ努力していたから悔しかったのだ。優秀な同期に対して僻んでいた時だって、いろいろ悪口を言っていたのは事実だが、負けないように頑張っていた。何もせずに、ただ妬んでいただけではなかった。

何故、支えてあげなかったのだろう？　ネガティブな感情ばかり見せ、我儘な態度を取っていた圭太にも、もちろん非はある。でも落ち込んで荒れていたあの頃、自分にもっとできることはあったのではないか？　圭太が愚痴を言った時、自分が口にした言葉は、多分間違っていなかった。でも、正しいことがいつも正しいとは限らない。

たとえ、一般論としては正しくても、荒れていた圭太にとっては、正しくなかった。あの時の圭太が欲しかったものは、まっとうな言葉ではなく、ただ、気持ちをわかってほしかっただけなのだろう。私は、それをしてあげられなかった。苛立っている圭太にイライラして、ちっとも悔しさをわかってあげようとしなかった。

「私……バカだった」

泣きながら言うと、母は優しく言った。

「バカじゃない人間なんていないよ。どんなに賢い人でも、性格の良い人でも、感情に任せてバカをやることはある。大事なのはその後。間違いを認めず、自己主張ばかりしていたらバカのまま終わる。間違いを認めずに変わろうとしないでいたら、それこそ本当にバカだよ。でもね、後悔や反省の気持ちを持って、正しくなろうと思えばやり直せる。犯した間違いは取り消せない。償うことは簡単じゃない。過去は変えられない。失った命は戻らないし、一度張ってしまった『犯罪者』のレッテルはずっとついて回る。悔いる気持ちがあればあるほど、償うことは苦しいことだと思う。それでも、一度踏み外した人の道に戻るには、そうするしかないの。圭太君はもう、進み始めてる。自分のしたことの重みを受け止めて、きちんと罪を償おうとしているみたいだよ。紗季はどうするの？」

「どうって？」

「二人の喧嘩で、何の罪も関係もない人が亡くなった。圭太君はこれから一生、その罪を背負って生きていかなきゃならない。紗季も同じだよ。罪はなくても、命を守ってもらった身として、やるべきことはその恩に報いるためにも、自分の人生をきちんと生きていかなきゃ。あの人は、紗季に辛い想いをさせるために、命を懸けて守ってくれたわけじゃない。紗季だってわかってるでしょ？」

「……うん」

涙を拭きながら頷く。彩美のことは何も知らない。だけど彩美は、紗季を生かしたいと思ってくれた。そうでなければ、包丁を振りかざした相手の前に立てるわけがない。彼女はただ、紗季を「助けたい」と思ってくれたのだ。彩美のことは何も知らなくても、その想いだけはわかっている。

「わかってる……いつまでも、このままじゃいけないことなんて。でも、人と関わるのが怖いの。何の関わりもなかった人が、私のために死んだ。だから、関わりを持ったら……」

「関わりを持っても持たなくても、人はいつか必ず死ぬ。だったら、関わり合って生きた方がいいと思わない？」

母の言葉に、紗季は震える声で訊ねる。

「それで……死ぬのが早まったとしたら？」

自分のせいで、彩美は本来の寿命より早くに亡くなったのではと思うと、怖くてたまらない。紗季のその言葉に、母は悲しそうな顔をした。

「人との関わりを持ちたくないなら、無人島にでも行って、本当に一人で生きていくしかないよ。雨水飲んで、虫や野草を食べて——紗季はそんな生活できるの？　都会でも田舎でも、人のいる場所で生きていくなら、人と関わることは不可欠だよ。人は、絶対に一人じゃ生きていけない。いくらお金や権力があっても、一人でできることはほんのわずか。人間なんてね、できることより、できないことの方が多いんだから。もちろん、一人でする仕事はあるし、一人で過ごすことが好きな人もいるけど、だからって、完全に誰とも関わらないで生きている人なんていないよ。人と関わることが苦手で、あまり接しないようにしている人は、きっと自分のできる範囲で関わり合っているんだと思う。繋がる形は一つじゃないから」

「繋がる……形？」

「紗季も、自分ができる範囲でいいから、また人と関わっていこう。誰かと繋がり合って生きたなら、死ぬ時に誰にも看取ってもらえなくても、遺体も見つからないような状況に巻き込まれたとしても、人生が孤独だったなんてことはないよ。お母さんは、そう思いたい。人間、いつ、どこでどうなるかわからないもの。自分がこの先、一人で死んだり、遺体が見つからなかったとしても、誰かに『孤独』なんて思われたくない。たとえ最期がどうであっても、お母さん、たくさんの人と一緒に生きてきて幸せだから」

そう話す母の目は、優しくも、とても悲し気だった。その目を見て、紗季の心がズキリと痛んだ。ずっと自分のことで精一杯で、母が、どれだけ心配してくれていたかなんて気が回らなかった。思えば、以前は少しふっくらしていた母も、ずいぶん痩せてしまった。

この半年間、両親は引きこもった自分のことを、黙って待っていてくれた。話しかけてくれる声は明るくて、優しくて、そんな素振りは一切見せなかったけれど、母は——そして父も、ずっと辛かっただろう。

「人と関わることは良いことばかりじゃないよね。傷つけたり、恨んだり憎んだり、人の間では、嫌な感情がたくさん交差する。だけど、励ましたり慰めたり、助けたりする優しさだって交差するんだよ。水瀬さんが、紗季を助けて亡くなったように、関わったから失うことは確かにあるけれど、関わったからこそ、助けられることだって必ずある。だから紗季、人と関わることを怖がらないで。少しずつでいいから、みんなと生きていこう」

「……うん」

涙を拭き、紗季は頷いた。怖い気持ちが消えたわけではない。それでも、自分の中で勇気が湧いてきたのを感じる。圭太の両親も圭太の罪を背負い、この先の人生を生きていく覚悟をしている。

彩美さんの家族も、自分や圭太に対する恨みはあっても、それを抑えて、自分に生きてほしいと伝えてきた。何より、何の関係もないのに、自分を守って命を落とした彩美さんのためにも、私は、私の人生を生きなければいけない。彼女が残してくれたこの命、このまま引きこもって、無駄にするわけにはいかない。

河津桜の鉢を両手でそっと包みながら、紗季は心の中で、彩美にちゃんと生きることを誓った。そして、ふと思い出した。まだ、大切なことを伝えていなかった。目を閉じ、もう一度、心の中で彩美に伝える。

――彩美さん、助けてくれてありがとうございました。


今年もまた、河津桜が咲き始めた。前に進むことを決めてから三年。ベランダから見える川沿いに並ぶ河津桜を見ながら、紗季は日当たりのいい場所に置いた盆栽を見つめた。

植物の世話などしたことなかったが、いろいろ調べて、大事に世話をしてきたこの盆栽も、可愛らしい花を咲かせている。

事件の傷はまだまだ痛む。どれだけ時間が過ぎても、この痛みがなくなることはないだろう。それでも——まだ、少し冷たい風を頰に感じながら、空を仰ぎ呟く。

「彩美さん。私は、前に進んでいます」

母と話し合ったあの日から半年後、紗季は家を出て、一人暮らしを始めた。両親、特に父からは猛反対されたが、紗季の決意は固かった。実家は、事件のあったマンションに近い方だったから、よく行った店の近くを通るだけで、圭太と暮らしていた頃のことを思い出して苦しかったからだ。

逃げかもしれない。でも環境を変えることも、前に進むための一歩になるはずだと、紗季は両親に訴えた。父は、それならみんなで引っ越そうと言ってくれたが、一人でいろいろ考えながらやっていきたいと、紗季はその申し出を断った。両親が一緒にいてくれるのは心強かったが、それに甘えたくなかった。

半年間、紗季は自分の中に閉じこもっていた。その間、自責の念に駆られ、負の感情ばかりが心を占めていた。今度は違う。前に進むために、これからのことを一人で考えながらやっていきたかった。

必死で説得し、両親の許しをもらって家を出た後、しばらくは、以前のように歯科医の受付で働いていたが、一人暮らしを始めて五ヶ月後、紗季は葬儀屋に転職した。

彩美への恩に報いるため、自分がこの先どう生きていくか。母と話し合った日から、紗季はずっと考えていた。でも、どうしたらいいかわからないまま、なんとなく毎日を過ごしていたある日、用事でいつもは通らない道を通った。葬儀場の近くまで来た時、喪服を着た人達が出てくるのが見えた。

当然だが、みんな沈んだ表情で、泣いている人がたくさんいた。その光景を見た時、彩美のことを思い出した紗季は、思わず目を逸らした。辛い思い出を振り切るように、急いでアパートに帰ったが、部屋に入った後も、故人を想って悲しんでいる人達の姿が頭から離れなかった。辛いだろうな……悲しいだろうな……あの人達に寄り添ってあげたい。

「――そうだ」

だったら、寄り添ってあげられる立場になればいいのだ。調べてみると、葬儀屋に特別な資格はいらないらしい。あると役立つ資格はいくつかあるようだが、何もなくてもできない仕事ではないようだ。体力がいるそうなので、だいぶ戻ってきたとはいえ、そこは鍛えなければいけない。だが、進みたい道は見えた。

彩美が亡くなった時は、遺体に手を合わせることも、見送ることもできなかった。当時はそれどころではなかったし、そもそも、自分が葬儀に出ることは許されなかったかもしれないが、目の前で、自分のために命を落とした人に何も伝えられなかったことは、いろいろと落ち着いてくると、それが心残りでしかたがなかった。だからこそ、大切な人を亡くした人達の側で「別れの時」をサポートしたいと思ったのだ。

今でも、血を見るのが怖かった。最初の頃は、ドラマなどで、少しでも血を見ると過呼吸になっていたし、だいぶ落ち着いたとはいえ、包丁は未だに触れないので、食事は外食や総菜が基本だが、栄養のことを考えて、カロリーや塩分が計算された冷凍の宅配弁当を利用したりしている。

外に出て、周囲と関わるようになっても、事件の記憶に苦しんでいる自分は、ご遺体と関わる仕事をすることは向かないかもしれない。けれど、それでもやりたいと思った。

「――なので、私は、大切な方との『別れの時』をお手伝いしたいと思いました。彼女は親しい間柄ではありませんでしたが、命を助けていただいた大切な人です。その彼女に何も伝えられず、最後に手を合わせることも送り出すこともできなかったことは、一生心残りになるでしょう。だからこそ、私は大切な方を亡くした方々の側で、最後の『関わり合い』の時間をお手伝いしていきたいです」

面接で、紗季は、事件のことを正直に話した。隠していては、自分の想いは伝えられないと思ったからだ。当然、面接してくれた人は驚いていたし、事件のことも知っていたから、かなり動揺していた様子だったが、最後まで話を聞いてくれた。そして――面接から一週間後、紗季は無事に採用された。

最初はやはり、ご遺体を目にしたり、悲しみに泣き崩れている人達の中にいることが苦しかった。実際には出ていないのに、彩美の葬儀がまなうらに浮かび、立っているのが精一杯という時もあった。役に立つどころか、足を引っ張ってしまっていることを気に病んでいる紗季に、先輩達は優しかった。

「そんなに辛いのに、それでもこの仕事を選ぶなんて、すごいと思うよ」

そう言って、先輩達は優しくサポートしてくれた。迷惑をかけるかもしれないと、面接同様、事件のことは会社の人全員に伝えていた。みんな驚きつつも、紗季の気持ちを受け入れてくれて、本当に良くしてくれている。

おかげで、今も苦しくなる時はあるが、自分で気持ちを落ち着けられるようにはなっていた。まだまだ、先輩達のようにはいかないが、それでも少しずつ、葬儀屋のスタッフとして前に進んでいると思う。

「あの、すみません」

その日、葬儀のすべてが終わり、紗季が遺族の方達と挨拶を終えた時、後ろから声をかけられた。振り返ると、泣き腫らした目をした制服の女の子が立っていた。この葬儀は交通事故で亡くなった高校生の女の子の葬儀のため、同級生の子達が来ていた。周囲には彼女と同じ制服を着た子達がたくさんいる。けれど、紗季はこの子に覚えがあった。

「……あ、昨日の」

「はい。有沢玲奈《れいな》と言います。香奈実とは、幼稚園から一緒の親友でした」

木崎香奈実というのが、亡くなった女の子だ。玲奈は活発そうな印象だが、香奈実は色白で、遺影も物静かに微笑んでいるので対照的に見えるが、確かに、彼女は誰よりも香奈実の死を嘆いていた。心が耐え切れなかったのだろう。昨日の通夜で、彼女は過呼吸を起こしてしまった。過呼吸は、自分も何度も経験している。紗季は彼女を介抱し、落ち着くまで側にいてあげた。

「昨日は、ありがとうございました。過呼吸のこともですけど、その後のことも」

しばらくして、落ち着いた玲奈は、しかしもう翌日の葬儀には出ないと言った。これ以上、香奈実の顔を見るのは辛い。お別れなんてできない——そう言って、泣きだした玲奈の背中を、紗季は優しく撫でた。

「そうだね。お別れは辛いね。でも、ちゃんとお別れしないといつか後悔するよ……私がそうだったから」

「……お姉さんも、お別れするのが辛くて出なかったの？」

「そうじゃなくてね……その人に伝えたいことがあったの。でも、事情があって、私はその人の通夜にも葬儀にも出られなかった。その時は、自分のことで精一杯だったから、何も思わなかったけど、後になってそれがすごく心残りでね。だからあなたも、今は辛いけど、ちゃんとお別れしたほうがいいよ」

俯き、震えている玲奈の背中を、紗季はまた、優しく撫でる。

「大丈夫。お別れはしても、あなたの中にいるあの子がいなくなるわけじゃない。あなたが思い出したら、あの子は、いつでもあなたの側にいるよ」

そう言って、紗季は玲奈の震えが収まるまで、背中を撫で続けた。

「お姉さんのおかげで、私、ちゃんとお別れできました。辛いけど、寂しいけど、お姉さんが、私の中の香奈実までいなくなるわけじゃないって言ってくれたおかげで、少しだけ気持ちも楽になりました。だから、本当にありがとうございました」

そう言って、玲奈はペコリと頭を下げ、同級生達の中に戻っていった。

「良かったね」

ベテランの女性の先輩が、紗季の肩を叩きながら言った。葬儀屋の仕事を始めて、こういうお礼を言われたのは初めてだった。自分のしたことがあの子にとって、ほんの少しでも救いになれた。そのことが、とても嬉しかった。ほんの小さなことかもしれない。だけどそのことが、玲奈の心を救えたのなら、私は、葬儀屋の一員として何かを残せたはずだ。

仕事を終え、帰宅する道を歩きながら、紗季はふと、空を見上げた。この仕事に就いてから、どれだけの故人を見送っただろう。この仕事でなければ、見ず知らずの他人を送り出すことなどない。けっして明るく、楽しい仕事ではないけれど、やりがいはある。

その人が、この世で過ごす最後の時間――辛く悲しい時間ではあるが、だからこそ、しっかりとお見送りしてあげたいと思うし、ご遺族や、友人や知人の方達が、きちんとお別れできるようサポートをするのはとても大切な仕事だ。

もし、葬儀屋という仕事がなければ、できないことはたくさんある。丁寧に、きちんと弔うことができるのは、この仕事があってこそ。そんな風に思うようになっていた時に玲奈から言われた言葉は、紗季に、この仕事をもっと頑張りたいと思わせる力になった。

彩美さん、見てくれていますか？　少しずつですが、私は進んでいます。あなたに助けてもらった命で、今は、誰かをお見送りするお手伝いをしています。私は、あなたが亡くなった時、何も伝えられず、お見送りすることもできませんでした。それが、ずっと心残りでした。そのことがあって、私はこの仕事を選びました。明るく楽しい仕事ではないけれど、とてもやりがいを感じ、大切な仕事なんだと、日々実感しています。葬儀屋のスタッフとしての自分が、誰かの救いになれたことも、私を支えてくれています。

今でも思います。あの事件がなければ、私は、今も彼と暮らしながら、きっと子どももいて、それなりに幸せな家庭を築いていただろうと――もちろん、彩美さんも元気で生きている。関わり合いがあったかはわかりませんが、そんな「今」だったなら、どんなに良かったかと、何度も思っては、あの日のことを思い出して苦しくなります。

でも、だからといって、止まっていては何もなりません。私にできることは、あなたに助けてもらった命を無駄にせず、自分の人生をきちんと生きていくことです。そのために何ができるのか、考えてもわかりませんが、今はただ、選んだ道を頑張ります。

あなたが残してくれた私の命が、また別の誰かのために何かを残せるような、そんな人生を、私は歩いて行きます。そしていつか、私がそちらに行った時、改めて、助けていただいたお礼を言わせてください。それまで、この空の向こうで見守っていてくださると嬉しいです。

暗くなりかけた空の中、アパートへの道を歩く紗季の頭上で、一番星が優しく輝いていた。

終章

「お疲れ様でしたー」

「お疲れ様。また明日ね」

就職が決まらないまま大学を卒業し、困っている甥がいる——店が軌道に乗り、そろそろ人を増やそうかと考えていた頃、知人からそんな相談をされ、バイトとして雇った青年は、少しそそっかしいところがあるが、明るくてよく動く働き者だ。その仕事ぶりから彼は、今月から正規で働くことになった。

元々は建築の仕事を希望していて、受けた会社に全滅して落ち込んでいたらしいが、ここに来てからは、気持ちを切り替えて働いてくれていた。高校を卒業後、一人暮らしで自炊をしていたため料理はできるし、ホールに出ても接客態度に問題はなかった。彼も、この仕事を楽しんでくれていたし、彼の作るフレンチトーストにはファンも多い。

もちろん、本来希望していた建築の道を進みたいなら無理強いはできないが、このまま一緒に、正規で働いてもらえないかと告げた時、彼はとても喜んでくれた。

「ありがとうございます！　俺、自分を必要としてもらえたのなんて初めてで、すごく嬉しいです。建築の仕事に憧れがあったのは事実ですし、建物が好きな気持ちも変わりません。でも、飲食店の仕事を経験して、この仕事が楽しいと思うようになりました。自分が好きで、いろいろ研究して作ったフレンチトーストを喜んでもらえた時、ほんとに嬉しかったです。自分の作ったもので、少しでもその人の心が、幸せな気持ちになってくれたのかなって。だから、ずっとここでやっていけたらって思っていました。俺、精一杯頑張ります。これからもよろしくお願いします！」

そうして彼は、改めて「輝き」の従業員として働いている。料理の腕も、日々磨いているらしく、元々上手だったのが、さらに上手くなっているし、正規で働くようになってからは、哲也と二人でメニューを考えるようにもなった。彼は今後も、哲也と一緒に、たくさんの人の朝に活力を与えてくれるだろう。

「どうかした？」

新聞や雑誌を整理していた梨花が、一冊の本を手に取って見ていると、後ろから、哲也に肩を叩かれた。

「これなんだけど」

言いながら、本を差し出す。青空の写真が表紙の本――「元気になあれ」という、空と関係のなさそうなタイトルだが、なんとなく惹かれて買ったものだ。

「哲也は聞こえてなかったと思うけど、今日来てくれた男性のお客さんがね、この本を批判してたの。専門用語みたいなのいっぱい口にしてたから、きっと写真に詳しい人なんだろうけど『下手な写真』とか『面白みの欠片もない』とか『こんなのは売れない』とか、文句ばかり言ってたんだ」

「文句って……これ、素人が出してるの？」

「うん。この『折原紗耶香』って人は、素人で自費出版みたいだよ。私、普段は写真集のコーナーに行かないから、プロかどうかなんて知らなかった」

「何で、写真集のコーナーに行ったの？」

「私の用事じゃなくて、この前、大学の時の友達と出かけたでしょ？　その子が写真集好きで欲しいのがあるからって本屋に寄ったんだ。その時に、他の、それらしいタイトルの空の写真集の中に『元気になあれ』ってあったから、気になっちゃって」

なんとなく買った本だったが、中身はどれも良かった。梨花は、写真に詳しくないので細かいことはよくわからないが、明るい青空の写真を集めたその写真集は、間に面白い形の雲や虹の写真なども混ぜてあり、見ていて気持ち良かった。だから……。

「ちょっと気分悪かった。私は写真のことはわからないけど、良い写真だと思ったから、みんなに見てもらいたいって思ったのに」

自分が気に入った写真を、ダメだと言われて悲しかった。確かに写真自体は、素人目にも素人だとわかるものばかりだった。どこにでもあるような、誰にでも撮れるようなそんな写真――だけど不思議と惹かれた。「上手に撮ること」よりも、ただ「撮りたい」と思って撮ったものだと、写真の一枚一枚から伝わってきた。

「僕も好きだよ。この人の写真」

肩を落とす梨花に、写真集を捲っていた哲也が優しく言った。

「僕も写真は全然わからないけど、作品の良し悪しって、技術だけじゃないよ。どんなに技術があっても、心のこもってない写真は良い写真にはならないと思う。技術はもちろん大事だけど、やっぱり、一番大切なのは心だよ。この人の写真にはそれがある。言葉ではうまく言えないけど、どの写真も、珍しい空じゃないのに惹かれるものがあるよね。それに、あとがきを読んだら、この人がどんな気持ちでこれを撮ってきたのかわかるし」

そう言って、哲也はあとがきのページを開いた。もちろん、梨花も読んでいる。

「空――特に青空は、亡くなった夫と息子が大好きでした。夫が――そして息子が旅立った後、私は、空の写真を撮るようになりました。写真が好きだった夫と違い、私にはうまく撮る技術はありませんが、二人の好きな空の写真をたくさん撮ってアルバムを作り、それを二人に見せてあげよう――と、そのことが、喪失感でいっぱいだった私の心を支えていました。撮り溜めた写真を見ていると、青空を見上げて『元気が出る』と言っていた息子を思い出しました。小さな体で病と闘い続けた息子を勇気づけ、励ましてくれていた青空――私も、写真を撮り続けるうちに励まされている気持ちになり、この想いを誰かに届けたいと思いました。拙い写真ではありますが、この写真を見て、少しでも明るい気持ちになってもらえたら嬉しいです」

ああ、そうだ――この人は「空」を「空」として見せたいわけじゃない。この青空を通して、誰かの心を明るくしたかったのだ。ありふれた青空の写真は、写真集に載せるには面白みがないかもしれない。でも、ありふれた空だからこそ、見上げればそこにあるという「温かみ」や「安心感」がある。珍しい現象も、壮大な印象もない。でも、それがこの写真集の魅力なのだ。

初めてあとがきを読んだ時、梨花は自分が写真集を見て感じた気持ちに納得した。そして、そのページの隣。あとがきの後に載せられた「おまけ」と書かれた一枚の写真にも、また惹かれた。

「薄明光線――太陽が雲に隠れている時、雲の切れ間や端から光が漏れ、光線の柱が地上に降り注いでいるように見える現象だそうです。『天使のはしご』など、多数の別名があるそうで、私は、この現象が大好きです。雲から光が差し込んでいるのを見ると、その向こうに別の世界があり、そこに夫と息子がいるような気がするからです。少しだけ、二人を近くに感じるこの現象が、私の中の寂しさを和らげてくれる。青空ではないけれど、私に元気をくれる一枚です」

夕焼けか朝焼けかはわからないが、灰色の雲間からオレンジ色の光が優しく降り注いでいる。明るい青空ばかり見た後では、少し暗めに感じるが、きれいな写真だった。

「好みに合わないからダメだと決めつけたり知識をひけらかしたり、そういうのはちゃんとした意見とは言わないよ。この人は、心を込めてこの写真を撮ってきたんだ。本当に写真を大事に思っているなら、たとえ技術がないと思っても、そこは評価するはずだ。否定するとしても『意見』と『文句』は違う。その人は、きっと知識や技術にこだわりすぎてるんだ。そういう人の言葉は、あんまり気にしない方がいい」

「うん。ありがと」

哲也は、慣れるまでは無口だが、慣れるとしっかりと話してくれる。そうなるまでには少し時間がかかったが、この人と一緒になれて良かったと、梨花はいつも思う。優しいのはもちろんだが、哲也は自分のやりたいことと一緒に、梨花の夢も叶えてくれた。

中学二年生の時、大切な友達を事故で亡くした。また明日ねと別れ、永遠に来なくなった明日を、梨花は何度も夢に見た。いつものように教室でおはようと顔を合わせる——そんな夢を見ては、泣きながら目を覚ますことが何度もあった。

自分のために梨花が泣きながら生きていたら、晶はゆっくり休むことができない。その想いで、必死で心を奮い立たせたが、悲しみを乗り越えることはできず、奮い立たせた心は、生きることだけで精一杯だった。夢や目標を持つこともなく、友達と会っても、みんなに合わせるようにして付き合っていただけで、晶を亡くしてから、梨花は人生を楽しめなくなってしまった。

ただ生きている——そんな状態のまま大学まで卒業。就職し、仕事をしながら淡々とした日々を過ごしていたが、その頃、たまたま入ったカフェの料理を気に入り、通うようになった。当時、その店の厨房で働いていたのが哲也だった。

そこは、この店と同じカウンター席のあるカフェで、一人で通っていた梨花は、いつもカウンターに座っていた。だから厨房の様子はよく見えたため、話はしなくても、哲也の顔は憶えていた。

ある時、偶然バスの中で会い、向こうも自分を覚えていたので、途中で空いた席を譲ってもらったことをきっかけに、少しずつ話すようになった。口数は少なくても、真摯で優しい言葉をくれる彼に、梨花はいつしか惹かれていた。哲也の方も、自分から話しかけてくれることが増えるようになり、やがて二人は付き合うようになった。

「自分の店をやりたいんだ」

哲也にそう打ち明けられた時、梨花はあの日のことを思い出した。自分は料理が苦手だが、哲也の料理なら、晶の夢を叶えてあげられるのではないか。そう思った梨花は、結婚が決まった時、晶のことを話した。店を開くなら朝食専門にしてほしいと頼むと、哲也は迷う素振りもなく、いいよと答えてくれた。

二人で資金を貯めながら、内装やメニューなどを話し合い、店をオープンさせてから五年――初めは不安もあったが、今も店は順調に営業している。

最初のお客さんは、オープン前日に招待した晶の両親だった。二人は、晶を亡くしてからずいぶん痩せてしまった。自分の両親とそう変わらない年齢のはずなのに、老け込んで見えた。それでも、青い顔をしながらも、二人は笑顔を作って、結婚と、店の開店祝いを口にしてくれた。

「おめでとう。梨花ちゃん」

「晶も喜んでるよ」

「ありがとうございます。どうぞ。座ってください」

そう言って、梨花は二人を席に案内し、哲也と一緒にトレイを運び、それぞれの前に置いた。

「晶の一番好きだった朝ご飯です。晶が、夢ができたと話してくれたあの日……オープンしたら、最初は一番好きなメニューを出したいって言っていたんです」

「これが？　でもこれは、いつも私が作っていたような朝ご飯……あの子が好きなのは、梨花ちゃんの家で食べたような洋食のはず」

ご飯と、豆腐とワカメの味噌汁に、アジの干物に卵焼き。それにニンジンとピーマンの胡麻和え。確かに、晶があの日「朝ご飯の店をやりたい」と言い出したのは、朝食に好きなものを食べたいと思ったのがきっかけだ。

「洋食に憧れはあっても、やっぱり一番好きなメニューはこれらしいです。味噌汁の具材や、魚の種類など、もちろん毎日同じではないけれど、このメニューが多かったんですよね？　洋食に憧れはあっても、晶にとっての一番は『お母さんの定番』だったんです」

そう言うと、晶の両親は泣いた。泣きながら、哲也の作った料理を、何度もおいしいと言いながら食べてくれた。

「ありがとう。とてもおいしかった」

「元気の出る味でした」

帰り際、二人はそう言ってくれた。その言葉に、梨花は晶の夢を最初に叶えてくれたのはご両親だと思った。こんな瞬間を、これからも作っていきたい。この店で食べる朝ご飯を一日の活力に――味つけのセンスがないので料理は苦手だが、下ごしらえなら、少しは手伝える。自分一人では無理でも、哲也と一緒ならきっとできる。二人で、この店をそんな店にするんだ――晶の両親を見送りながら梨花は、心にそう誓った。

やがて店は軌道に乗り、毎日、たくさんのお客さんが来てくれるようになった。常連になってくれる人もたくさんいて、中には、驚くような出会いもあった。

坂口隼人――晶が事故に遭ったきっかけとなった、当時小学生だった男性だ。初めて店に来た時、静かで、どこか影を背負ったような印象だった。痩せて、顔色も良いとは思えず、あまりちゃんと食べていないように見えたので、残さず食べてくれたことにほっとした。その後も彼は、何度も来店してくれるようになり、細いのは変わらないが、少しずつ顔色は良くなっていった。
暗めの印象を受けるが、お米の一粒も、キャベツの欠片も残さず、焼き魚もきれいに食べ、話すのが得意ではなさそうなのに「ごちそう様でした」と言ってくれる彼は、梨花と哲也の間では「丁寧なお客さん」だった。その彼が、ある時店名の由来を訊ねてきた。朝食専門のカフェは、亡くなった友達の夢だった――その話をした時、隼人の様子が変わった。友達の名前はと訊ねる隼人に、梨花が答えると、隼人はその場で泣き始めた。大声で泣き叫ぶ隼人に驚いていると、彼は、自分が晶にボールを取ってほしいと頼んだ小学生だと打ち明けた。

自分がボールを取ってほしいと頼まなければ……後悔と自責の念に駆られた隼人の話を聞き、梨花は、隼人の背負っていた影と、痩せて顔色が悪かったことに納得した。当時の梨花は、頭では違うとわかっていても、やはり最初は、その小学生を恨んでいた。「静かに走る車だったとはいえ、確認もせず道路に出た晶の不注意だ」と思えるようになったのは、少し時間が経って、冷静に考えられるようになった頃だ。

けれど、いくら時間が経とうとも、ボールを転がし、取ってほしいと頼んだ彼は、そんな風に思えなかっただろう。ニュースや新聞でも、ちゃんと「道路に出たボールを取ろうとして事故に遭った」と報道されている。ただ「取ってください」と頼んだ小学生には何の罪もない――でも、心はそんな風に思えなかったはずだ。事実はどうあれ、そのきっかけは自分だと思い続けてもしかたがない。

ずっと辛かっただろう……苦しかっただろう……自分のせいで人が死んだのだから、生きている自分は苦しまなければいけないと泣きながら話す隼人に、何と言ってあげればいいのか。「あなたのせいではない」と言っても、そんなことはもう何人もの人に言われてきたはずだ。そんな言葉で彼は救えない。それでも、やはり、梨花は違うと伝えた。

こんなことは大人でも辛い。小学生が背負うには、あまりにも大きな苦しみだ。隼人はずっと、それを背負って生きてきたのだ。何の罪もないのに、そんな悲しいことをしてはいけない。すべてを下ろすことはできなくても、少しでも軽くしてあげたい。自分は晶の友達だ。晶の代わりに、彼に伝えてあげられることがある。

梨花は、晶のためにも隼人には自分の人生をしっかり生きてほしいことや、晶の夢は叶っていることを伝えた。哲也も、隼人が晶の夢を叶えてくれたと言ってくれた。想いが伝わったのか、強張っていた隼人の表情は次第に和らいでいき、帰る時にはずいぶんと落ち着いた顔になっていた。

その後も、隼人は常連として通ってくれている。今、彼は自動車学校で教官として働いている。事故以来、車に対して恐怖心があったらしく、乗ることさえ克服するのに時間がかったそうで、免許など取れないと思っていたようだが、あの日を境にいろいろと考えたそうだ。

「俺、あれから、自分が何を残せるかって考えたんです。今の仕事は嫌いじゃないし、この仕事だって世の中の役に立っている。それはわかっているけど、俺だからできることがあるんじゃないかって考えて、交通事故の怖さを伝えたいと思ったんです。ほんの少しの不注意で亡くなってしまう命のこと……あの事故は、運転していた人に罪はない。それでも、その人は人を轢き殺した重みを一生背負っていくんです。晶さんのことばかりでそのことに思い至らなかったけど、いろいろ考えるようになって、恥ずかしながらそのことにようやく気づきました。その人は、今も苦しんでいるかもしれない。でも、俺はその人に謝ることもできません。何もできない俺が未来のためにやれることは、自分の経験から交通事故の怖さをしっかりと伝えていくことだと思いました。あの事故は運転手に罪はないけど、それを伝えられる一番の方法は、教習所の教官になることだと思って——まあ、まずは、自分が取らないとですけどね」

教習所に通い出した頃、隼人はそう言っていた。彼の場合、運転に対する恐怖を克服できていないため、たまに実家に戻って父親の車の運転席に座り、ハンドルを握ってイメージトレーニングもしていたようだ。

「正直、こんな自分が教官になれるのか不安ですけど、父が言ってくれたんです。『慣れは大事だが、同時に怖いものだ。慣れてきて余裕が出ると、その分油断しやすくなる。運転する時は、適度な緊張感は持っていた方がいい。それに、隼人は事故の恐怖を心からわかっている。これから免許を取ろうとしている相手に伝えなければいけないことと して、それが一番大事なことだぞ』って。だから頑張って、絶対に教官になります」

そうして、無事に免許を取得した後、隼人は宣言どおり教官を目指した。やがて努力が実り、指導員となった隼人は、最初に出会った時とは見違えるほど、晴れ晴れとした顔をしていた。

昔は、車に乗ることすら怯えていた時期があったと言っていたのに、本当によく頑張った。隼人なら、必ず立派な指導員としてやっていけるはずだ。きっと、晶も喜んでくれているだろう。

突然の別れもあった。オープン当初から通ってくれていた水瀬彩美が、自宅マンションで隣人夫婦の喧嘩を止めに入って殺された。

自宅のテレビで、そのニュースを知った梨花は悲鳴を上げた。哲也が側にいなければ、パニックを起こしていただろう。

彼女は常連ではあったが、それだけの関係だ。店の外で会ったことはないし、こちらが仕事中なのであまり頻繁に話すこともなかった。それでも、顔見知りの相手が殺されるというのは、苦しくなるほどショックだった。

彼女の実家も連絡先も知らないので、通夜にも葬儀にも行けない。彩美は、洋食メニューで出していたミネストローネを特に気に入ってくれていた。梨花と哲也は、それを、彼女が好んでいた一番奥の窓際の席に座って食べた。直接お別れはできないけれど、自分達なりの弔いだった。

彩美の訃報から一ヶ月後、閉店間際で他の客がいなくなった頃、彼女の姉と妹が挨拶に来てくれた。いつか三人で来たいねと話してくれていたそうで、お姉さんが悲しそうに言った。

「彩美、ここのお料理を本当に気に入っていました。すごくお勧めだって。こんなことになるなら、もっと早く来ればよかった……」

「薫姉ちゃん、そんなこと言ったらお店の人達を困らせちゃう。彩美姉ちゃんも悲しむだろうし、もう過去のことは言わない。これから、たくさん二人で来よう」

「うん……ごめん、香菜の言うとおりだ。すみません。暗くして」

「いえ……あの、生前は、彩美さんにはよく来ていただいて、ありがとうございました。それから、この度は本当にご愁傷さまでした」

頭を下げると、薫と香菜も、ありがとうございますと、揃って頭を下げた。落ち着いてはいるが、疲れたような顔。やはり、あまりちゃんと食べていないのか、少し顔色も悪く見える。

「あの、残り物で申し訳ありませんが、よかったら、クラムチャウダー召し上がりませんか？　もちろんサービスですから、お代はいりません」

そう言うと、二人は、顔を見合わせ、嬉しそうに頷いた。席に案内し、哲也が温め直してくれたクラムチャウダーとバゲットをそれぞれの前に置くと、薫と香菜は、手を合わせて「いただきます」とスプーンを手に取り、クラムチャウダーを口に運んだ。

「おいしい！　野菜と貝の旨味たっぷりですね」

「それに優しい味。彩美が気に入ってたのも納得です」

そう言って、二人はおいしそうに食べてくれた。良かった——少しでも、彼女達を笑顔にできた。振り返ると、哲也が笑って頷いてくれた。自分でさえ、大きなショックを受けたのだ。最愛の家族を、何の関係もない人に殺された二人の心は、どれだけ大きな悲しみを背負ったことだろう。

　それでも、二人はここに来てくれた。一緒に行こうと約束してくれていたとはいえ、彩美にとって、ただ常連として通っていただけの店に、こうして挨拶に来てくれたのは、二人が、前に進もうとしているからだと思う。

「彩美さんは、私達に喜びをくれました。いつも、本当においしそうに食べてくださるその姿は、私達がこの店をやっていく励みでした。お一人でご来店されるので、食べている時のお顔が笑顔だと、本当においしいと思ってくださっていることがとてもよくわかるんです。彼女はオープン当初から通ってくださっていたので、まだ、店が軌道に乗る前の頃からずっと、私達を支えてくださっていたんですよ」

　帰り際、そう伝えると、薫が目に薄っすらと涙を浮かべて言った。

「ありがとうございます。彩美、とても喜んでいると思います」

　二人を見送った後、哲也が静かに言った。

「あの人達、大丈夫だよね？」

「大丈夫だよ。食べている間、二人とも彩美さんの話を楽しそうにしてくれた。悲しくても、寂しくても、亡くなった人との思い出を笑顔で話せているなら、きっと大丈夫」

「そうだね」

　哲也の表情が、安堵したものに変わる。梨花と哲也は、二人の車が見えなくなるまで見送っていた。

「ねえ。明日の定休日、晶のお墓参りに行こうと思うんだけど、一緒に行かない？」

店を出て、鍵をかけながら梨花が言うと、哲也は首を傾げた。

「いいけど、命日でも誕生日でもないよ。何かあった？」

「……なんか、急に晶に会いたくなったの」

写真集を片づけた後、いろいろと思い出してしまった。そうしたら、何だか急に晶に会いたくなったのだ。

「わかった。じゃあ、今から何かお供えのお菓子買いに行こうか」

「うん。ありがとう」

死というものを理解できる年齢になった後で、身近で親しい人を亡くしたのは、晶が初めてで、その後も、今のところ梨花は、親しい身内や友人を亡くした経験はなかった。

でも、晶が事故に遭った日も一緒に掃除をしていた同級生の亜矢は、三年生の時に兄を亡くしている。三年ではクラスが分かれたのでよく知らないが、晶の死から一年経った頃から、亜矢の様子がおかしくなった。勉強のできる子だったのに、ちっとも身が入らなくなっているらしいと、別の同級生から聞いた。

それでもいつからか、亜矢は元気を取り戻していた。何があったか知らない。けれど、せっかく立ち直ったすぐ後で、亜矢は、病気でお兄さんを亡くしたのだ。梨花は、亜矢が再び落ち込んでしまっただろうと心配していたのだが、意外にも、亜矢は普通だった。

もちろん、ショックを受けていた様子はあったが、何故か勉強には一層力を入れていたようで、一時期、全くしていなかったはずなのに、偏差値の高い進学校に合格したと聞いている。

中学を卒業し、彼女と再会したのは、成人式の時だった。久しぶりに話をすると、看護師になるための勉強中だと聞いた。梨花が中学時代に疑問だったことを訊ねると、亜矢は晶が亡くなったことで、自分が弱い心を持ってしまったことを話してくれた。そして、そんな自分を救ってくれたのがお兄さんだったそうだ。

「あの時はきつかったよ。晶ちゃんのことを本当の意味で立ち直ったのに、今度はお兄ちゃんまでいなくなって、めちゃくちゃ落ち込んだ。だけど、あの日のお兄ちゃんの言葉があったから、前に進めたの」

「だから勉強、頑張ったんだね」

「うん。お兄ちゃんが言ってたんだ。『人が生きた時間は必ず何かを残す』って。私は晶ちゃんのおかげで、あのクラスで友達ができた。自分から友達作るのが苦手で、仲良かった子達とクラス分かれて寂しかった時に、晶ちゃんが話しかけてくれて、そこから梨花ちゃんとも話すようになって、いつの間にか、他の子とも話せるようになってた」

そうだった。晶とは、小学校からの友達だったが、亜矢は少し人見知りするらしく、進級したばかりの頃、誰とも話さず、いつも一人だった。晶は、そんな亜矢によく声をかけていた。

「おはよう」

「また明日ね」

「昨日の宿題、わからないところがあって、教えてもらえないかな？」

無理にグループに入れようとはせず、そんな些細なことから少しずつ、晶は亜矢との距離を縮めていき、いつの間にか、梨花もよく話すようになっていた。

「私も、何かを残したい。そのためにも、自分の人生をちゃんと生きるの。夢は看護師になって、患者さんとその家族の心にも寄り添える人になること」

「できるよ。私も、まだ、自分がどうしたいのかわからないけど、そういう人生にしていきたい」

大学生だったあの頃、自分がどうしたいのかわからなかった梨花は、本当は、そんな人生を送れるのか不安だった。でも、立ち止まっていては、未来に進めない。だからとりあえず「今」をちゃんと生きようと思った。

実際には、淡々と過ごしていた毎日は、思ったようにはできていなかったのだが、それでも、梨花は生きてきた。晶の命日や誕生日が近くなると苦しくなったし、ふとした瞬間に、寂しさや悲しみに襲われることもあったが、前に進み続けた。

たまに、少し立ち止まってしまうことがあっても、なんとか気持ちを切り替えて、進み続けてきた——そうして生きてきた先で、梨花は哲也に出会い、今があるのだ。

昼間はまだ暑い日があるけれど、照りつけるような日差しではない。朝と夜も、だいぶ過ごしやすくなった。もうすぐ、残暑が厳しかった九月も終わる。世間では、ハロウィンの飾りやお菓子。小物などがたくさん見られる時期だ。カボチャの好きだった晶のために梨花は、和菓子屋で買ったカボチャのきんとんを供えた。

ねえ晶？　晶の夢は、叶っていると思っていいよね？　あの時、ただの雑談みたいに聞いていただけの話が、自分の人生にこんなに大きく関わるなんて思わなかった。こんなことになるなら、もっとたくさん聞きたかったな。そしたら、晶の理想をもっと、あの店に取り入れられたから。でも、晶もあの日、なんとなく思い始めたことだったから、しかたないよね……。

時々、不思議に思うよ……その、なんとなくの思いつきを話してくれた直後にあんなことになるんだから、晶が私に「夢」の話をしてくれたのは、運命だったのかなって。だってそうじゃなかったら、私は今、哲也と普通のカフェをやっていたはずだから。

不思議だけど、私はきっと、晶に夢を託されたんだと思う。でも、誤解しないでよ。晶の夢を叶えられたこと、私は幸せだと思ってるから。自分の人生を犠牲にして「輝き」を作ったわけじゃない。むしろ、晶は何もなかった私に「夢」をくれたの。晶の夢は、いつの間にか、私の「夢」になったんだよ。私はこれからも、哲也と一緒にあの店で頑張るからね。あの店は晶と、哲也と私の「夢」を叶えるための場所。晶が私にたくさんのものを残してくれたように、私も、誰かに何かを残せるように生きていきたい。

亜矢ちゃんも、看護師になって頑張ってるし、事故のきっかけになった隼人君も、教習所の教官として、交通事故の怖さと安全な運転をしっかり教えている。きっと、そうやってみんなが、自分の人生で何かを残していくんだろうね。

名前とか、作品とか功績とか、そんなもの残らなくても、自分が生きた「証」は必ずある。それが他の誰かの「力」になって、また別の「何か」を残していくんだと思う。世界はそうやって、たくさんの小さな「何か」の積み重ねでできていくんだろうね。私、これからも頑張るから、応援してね。いつか私がそっちに行ったら、またたくさん話そう。

「今日は、ずいぶん長く話してたね」

合わせていた手を下ろし、目を開けると隣にしゃがんでいた哲也が言った。

「ごめん、待たせちゃったね」

立ち上がりながら言うと、哲也も立ち上がりながら「いいよ」と笑った。

「女性の話は長いものだから」

「何それ」

意外なセリフに、梨花は思わず笑ってしまった。

「ねえ、久しぶりにお昼どこかで食べよう」

「いいね。たまには、人に作ってもらったもの食べたいし」

家でのご飯も、哲也が作っているので、つい本音が出たのだろう。

「悪かったですね」

梨花がむくれると、哲也は慌てたような顔をする。

「いや、別にそんなつもりじゃなくて……ごめん」

「ううん。こっちこそ、いつも作ってもらってばかりでごめんね。これからは、簡単なものくらいなら作れるようになりたいから、教えてくれる？」

「でも、前は『教えようか』って言っても嫌がってたよね。無理しなくていいよ。僕、料理好きだし。さっきのは、ほんとに深い意味はないからさ」

「無理じゃないよ。確かに、前は嫌だったけど、お客さんが、哲也の料理をおいしそうに食べてるところを見てて思ったの。誰かに、自分の作ったものを『おいしい』って食べてもらうのっていいなって。だから、ほんとは前から興味出てきてたんだ」

そう言うと、哲也は、今度は嬉しそうな顔をした。

「わかった。じゃあ、少しずつやっていこうか。包丁使うのは上手だし、味つけも、繰り返しやれば慣れていくよ」

「うん。じゃあ、そろそろ行こっか。晶、またね」

「また来ます」

晶の墓前に向かって梨花は手を振り、哲也は丁寧に頭を下げた。心地良い、柔らかい日差しが降り注ぎ、頰を撫でる風が少しひんやりとしている。秋の気配を孕《はら》んだ空気を吸い込みながら、梨花は、哲也と並んで歩き出した。

著者プロフィール
川村 麻衣（かわむら まい）
1988年三重県生まれ。三重県在住。
著書：
『ブランコからみた闇と光　生きててよかった』文芸社　2008年
『心織り　苦悩の縦糸、支える横糸』文芸社　2013年
『モドキ　あなたに合う花選びます』文芸社　2018年

証《あかし》　それぞれの道で

2023年８月15日　初版第１刷発行

著　者　川村 麻衣
発行者　瓜谷 綱延
発行所　株式会社文芸社
〒160-0022　東京都新宿区新宿1－10－1
電話　03-5369-3060（代表）
03-5369-2299（販売）

印　刷　株式会社文芸社
製本所　株式会社MOTOMURA

ISBN978-4-286-24354-2